Octobre en juin

Céline POULLAIN

Octobre en juin

A ma grand-mère

© 2018, Céline Poullain

Editeur : BoD – Books on Demand,
12/14 rond-point des Champs Elysées, 75008 Paris

Impression : BoD – Books on Demand, Allemagne

ISBN : 978-2-322-160785

Dépôt légal : octobre 2018

Le code de la propriété intellectuelle interdit les copies ou reproductions destinées à une utilisation collective. Toute représentation ou reproduction intégrale ou partielle faite par quelque procédé que ce soit, sans le consentement de l'Auteur ou de ses ayants cause, est illicite et constitue une contrefaçon sanctionnée par les articles L.335-2 et suivants du Code de la propriété intellectuelle.

Ça y est ! J'ai quarante ans ! Moi, Eva Boisset, je viens de passer le cap ! Depuis le temps que l'on me les prédisait, les voilà devant moi. Enfin ! Aujourd'hui, vendredi 27 juin 2008, j'atteins le seuil fatidique des quarante ans. Malgré tout ce qu'on avait pu me prédire, le cataclysme annoncé n'est pas venu. J'ai pourtant vu bon nombre de mes contemporains arborer une mine déconfite autour de cet événement.

Tu verras, me disait-on, ton moral va en prendre un sale coup. On se sent passé de date, prématurément vieilli, pour tout dire, périmé. On sent bien que notre tour est passé. Place aux jeunes ! Quant au corps, rien n'est plus comme avant, les douleurs font leurs apparitions, les chairs se ramollissent, les rides creusent leur chemin. Tu sens ton organisme te lâcher de plus en plus, tu n'oses même plus envisager de pouvoir vieillir davantage. Ta mémoire se détériore, tes neurones s'étiolent. Les beaux jours ne sont plus que l'ombre d'un souvenir. Tu ne voudras plus jamais fêter ton anniversaire. Et après tout, à quoi bon, si c'est pour se souvenir des années qui passent et qui te poussent un peu plus vers l'inexorable. Tu ne t'en rends pas encore compte, c'est véritablement le début de la fin.

Et si l'idée saugrenue me venait d'opposer la moindre objection, les sourires moroses et complices de mes amis quadragénaires m'intimaient de me taire. Donc je me suis tue. Et je dois avouer que je me suis laissée persuader que leur mésaventure me pendait au bout du nez. J'y ai cru également. Je serais comme tous ces malheureux, mal dans ma peau et dans mon existence. Je m'y résignais. Je m'y préparais comme on se prépare à affronter la déchéance.

Mais, non ! Rien de tel pour le moment ! En fait, j'ai un terrible secret à révéler, un secret que je n'ose exprimer à haute voix, tellement j'ai le sentiment que je vais heurter. J'aime ! Oui ! J'aime ce moment de ma vie. Je me sens pleinement sereine et active à la fois. C'est à se demander si je suis constituée de la même matière que les autres. C'est curieux, pourtant je me sens en accord avec moi. Il m'en aura fallu du temps, notez bien ! Quarante ans pour arriver à la plénitude. Ce n'est pas insignifiant. Toute une vie, en somme. Enfin plutôt, une moitié de vie ! Et la suite reste à inventer ! Je n'ai pas peur des saisons qui passent, mes rides sont autant d'histoires à raconter. Les anniversaires sont des occasions pour partager un bon repas avec des amis sincères et véritables. Le calme et la sérénité m'envahissent un peu plus chaque année et j'ai la formidable impression d'être à l'apogée de ces sentiments. C'est un peu comme si le Yin et le Yang de ma personnalité avaient enfin trouvé leur équilibre. Je me sens bien.

Ma vie professionnelle est un succès, du moins, à mon sens. Il ne s'agit pas d'une réussite de pouvoir ou pécuniaire. Mais je fais le métier dont j'ai toujours eu envie. Il me semble que c'est nettement plus équilibrant que la quête financière. D'aussi loin que je me souvienne, j'ai eu le souhait de transmettre un savoir. J'ai sans cesse voulu lutter contre la peur de l'autre et des différences. Et l'une des manières d'y parvenir, c'est d'offrir une découverte des civilisations de nos voisins. Aujourd'hui, cette volonté est intacte. Je suis professeur. J'aime le chant d'une langue, et surtout celui de l'espagnol, la matière que j'enseigne. Je suis fière de ce que je fais. Je me sens pleinement utile à notre société, utile à mes concitoyens. Lorsque je vois des jeunes s'ouvrir au monde, apprécier la langue et la culture espagnoles ou d'Amérique latine, je me sens à ma place. Je rencontre quelques récalcitrants, des « petits durs ». Heureusement, avec le temps, j'ai appris à faire la part des choses et à me « blinder » un peu en vue de pouvoir être efficace dans mon travail. Je sais que ces élèves ne sont pas mauvais par essence, ils sont simplement en colère. Ils ont des sentiments négatifs qui se bousculent en eux jusqu'à vouloir sortir. C'est épuisant pour eux et également, bien entendu, pour les équipes éducatives. Toutefois, il ne faut pas s'impliquer trop émotionnellement afin d'être dans une bonne relation d'aide à l'apprentissage. J'avoue volontiers que certains enfants me bousculent plus que d'autres. Je suis tout de même un peu humaine !

Ma vie personnelle est conforme à mes souhaits de jeune fille. Denis, mon mari, est adorable. Nous avons lié nos chemins depuis seize ans maintenant. Nous avons évidemment des hauts et des bas, mais nous tenons fière notre barque et comptons la tenir encore longtemps. Mon magnifique Quentin a maintenant quatorze ans et Emma, ma petite Emma, douze ans.

Nous habitons un joli petit village de la région nantaise. La Loire berce notre rythme. Elle est si belle. Parfois, lisse et miroir, elle peut être tout autant le théâtre de véritables turbulences. Ses crues sont souvent assez spectaculaires. Il arrive épisodiquement que le fleuve vienne tutoyer notre jardin. La maison est telle que nous la souhaitions :

pratique, chaleureuse et spacieuse, une chambre à destination de chaque enfant.

Et mon atelier, mon cher atelier ! Il s'agit en fait d'une petite dépendance jouxtant le bâtiment principal, baptisée ainsi pompeusement par Quentin. Elle est un peu brinquebalante. Nous l'avons retapée avec les moyens du bord. Une grande baie vitrée donne sur le jardin. Les fenêtres de toit me permettent de temps à autre d'y travailler la nuit en accord avec le ciel étoilé. Je m'isole et mon imagination fait le reste. Mes mains s'enfoncent dans la glaise et j'oublie tout. Quelquefois, elles arrivent à sortir une sculpture tout à fait présentable. Emma souhaiterait que j'en présente plusieurs lors de l'exposition des peintres et sculpteurs amateurs du secteur ! Mais je n'en suis pas là, je n'ose pas encore montrer mon travail, seuls quelques membres de la famille et une poignée d'amis ont eu ce privilège. S'il s'agit bien d'un privilège ! M'exposer au public me terrifie. C'est, je pense, beaucoup trop intime ! J'aurais la désagréable impression de me montrer à nu. Qui sait, un jour peut-être, je franchirai le pas.

Non, vraiment le cap de la quarantaine ne m'effraie pas. Je suis une « sémillante quadragénaire » comme ils disent dans les romans de gare ! Je suis réconciliée avec mon passé et l'avenir me tend les bras. Je garde cette formidable envie d'aller de l'avant, envie de croquer la vie à pleines dents, envie d'avancer encore et encore...

Denis se sentait en pleine forme ce soir-là. Pour une fois, il ne fermait pas trop tard la porte de son cabinet d'ostéopathie. C'était une journée de travail comme il les aimait. Les patients s'étaient enchaînés, néanmoins il avait réussi à prendre du temps en faveur de chacun d'entre eux. Le soleil avait joué toute la journée à cache-cache derrière les arbres de l'avenue. La lumière de ce mois de juin était vraiment très agréable. Même Madame Guilbert n'avait pas réussi à écorner son joli moral du jour. Et il avait bon espoir qu'elle finisse par comprendre que tous ses soucis de dos et de cervicales étaient dus à des problèmes psychologiques. Elle était réfractaire, Madame Guilbert, elle ne voulait rien entendre de cette formidable connexion entre le corps et l'esprit. Pourtant, il suffit souvent de décortiquer les adages des anciens : ne dit-on pas « en avoir plein le dos » ? Tant pis pour elle, son heure viendrait quand elle serait prête ! Ce soir, il oublierait ces patients et se divertirait auprès de sa femme et de ses enfants. Il avait conscience que, quelquefois, il les délaissait un peu. Son cabinet lui demandait énormément d'énergie. Maintenant qu'il avait assis sa notoriété, il allait pouvoir lever le pied et prendre du temps pour sa famille et lui. Au Diable, Madame Guilbert et les autres, le week-end commençait !

La ville regorgeait de gens à cette heure-ci de la soirée. Bon nombre se précipitaient dans les supermarchés pour acheter le nécessaire afin de réussir les deux jours à venir. Il mit plusieurs minutes à sortir de l'agglomération. Bientôt, il serait chez lui. Sa petite voiture filait sur la départementale. Enfin, il arriva à l'endroit qu'il préférait sur son parcours. Il surplombait la Loire. Qu'elle était belle cette vallée ! Le grand manoir sur sa gauche était entouré de ses vignes vertes et vigoureuses. De magnifiques pins et quelques chênes centenaires ponctuaient le paysage. Les vallons plongeaient doucement vers le lit du fleuve. En contrebas, plus loin, le petit village d'Oudon s'étendait, laissant apparaître la magnifique Tour, vestige du château maintenant disparu. De l'autre côté du fleuve, une autre forteresse lui faisait face. Denis aimait imaginer les rivalités des habitants, jadis lors de l'apogée de ces bâtiments. Et la Loire, majestueuse, se prélassait au centre de toute cette beauté. Oui, vraiment, Denis se sentait bien.

Il ralentit son allure à l'entrée du bourg. S'arrêta afin de laisser passer le boulanger et son fils devant la place de l'église. Et stationna au pied de la tour. Il descendit en sifflotant et se dirigea vers la boutique du fleuriste. Celui-ci l'accueillit un joli bouquet de violettes à la main.

— Je te l'ai réservé, j'ai eu du mal à les trouver à cette période. Mais j'ai réussi ! Ta femme est passée tout à l'heure, elle voulait en acheter, je lui ai dit que je n'en avais pas cette semaine ! Elle semblait très déçue ! Elle est repartie avec des iris mauves.

Denis remercia son ami avant de remonter dans sa voiture pour repartir vers chez lui.

Lorsqu'il arriva, le silence régnait dans la maison.

Emma, sa fille, était dans la cuisine, elle y préparait un flan à l'ananas. Elle l'accueillit avec un grommellement propre aux adolescents.

— Groumfffff, Salut p'pa, ça gaze ?

— Bonsoir ma chérie, très bien et toi tu as passé une bonne journée ? Les profs ont été à la hauteur aujourd'hui ? répliqua-t-il.

— Comment ? Emma retira les écouteurs de son lecteur MP3.

— Bonsoir ma chérie, très bien et toi tu as passé une bonne journée ? Les profs ont été à la hauteur aujourd'hui ? répéta-t-il patiemment.

— Bah, c'est bientôt les vacances, alors, tu sais les profs, bof. Emma haussa les épaules. — Ah, super les violettes !

Et elle se renferma de nouveau dans son monde sonore.

Denis passa au salon, Eva n'était pas là. Il grimpa à l'étage, personne dans les chambres. En redescendant, il passa par la cuisine demander à sa fille si sa femme était dans son atelier. Emma lui annonça que sa mère était partie amener Quentin pour la répétition de son groupe de musique.

Un peu contrarié de ne pouvoir lui offrir tout de suite le bouquet de violettes, il les déposa dans un vase au milieu de la table. La couleur des fleurs se coordonnait parfaitement avec celle des iris qu'Eva avait déposés sur la cheminée. Il s'accorda un moment de répit et choisit un cd de Neil Young : « Harvest », son préféré. Il s'installa dans son vieux fauteuil club en cuir marron. Son esprit repassa rapidement la semaine écoulée. Il était content de cette bonne ambiance générale chez eux. Tout le monde semblait trouver naturellement sa place. Ils avaient eu raison d'acheter cette maison deux ans auparavant. Eva, les enfants et lui-même y étaient heureux. Et aujourd'hui, c'était l'anniversaire d'Eva. Elle venait d'avoir quarante ans. Il avait eu un peu peur de ses réactions. Il paraît que les femmes ne prennent pas toujours bien ce passage. La crainte de la déchéance, de la vieillesse sans doute. Il trouvait pourtant qu'Eva était de plus en plus belle ! Et elle semblait ne pas redouter cette étape, au contraire, elle s'épanouissait ! Elle avait même accepté l'idée d'inviter leurs meilleurs amis ce soir. Le tajine d'agneau était prêt dans la cuisine. Leur fille préparait le dessert et la table était déjà mise. Mais pourquoi Quentin avait-il programmé une répétition avec ses copains ce soir ? Ils sont terribles les adolescents. Ils ne voient jamais ce dont les parents ont besoin. Ils pensent à leur plaisir avant celui des autres. Non, il ne fallait pas qu'il encombre son esprit avec des récriminations contre ses enfants. Ce soir, c'était la fête d'Eva et il ferait tout pour qu'elle se sente sereine et aimée. C'est alors qu'il se rappela qu'il n'avait pas sorti le vin qui accompagnerait le dîner. Il se leva d'un bond et se dirigea vers la cave. Il savait exactement quel vin il allait choisir. La grand-mère d'Eva lui avait fait goûter un petit vin de pays qu'ils aimaient bien. Pour Eva, ce vin représentait l'amour de son Eglantine. Denis pensait que c'était une bonne femme, au sens littéral, un peu excentrique, certes, mais si gentille ! Et surtout, c'était un pilier fondateur pour Eva.

Il remonta deux bouteilles de brulhois, les ouvrit dans la cuisine et laissa la magie opérer. Il ne put résister à l'envie d'y goûter un peu. Dans le placard au-dessus du plan de travail, Denis prit un verre au hasard. Il tomba sur ce verre à pied qu'Eva aimait tant. Il n'avait l'air de rien ce petit verre, pourtant il était toujours l'objet de chamailleries dans le couple. Pas très haut, pas très profond, ni très évasé, c'était en somme un verre quelconque. Il avait des gravures en losanges sur plus de la moitié. Il avait un je-ne-sais-quoi qui faisait qu'Eva le choisissait très souvent, mais qui faisait que Denis ne l'aimait pas. Il ne pouvait pas argumenter son aversion envers ce verre, c'était sans raison valable. Il sourit, reposa le verre dans le placard puis en choisit un autre. Un qu'il aimait cette fois-ci. La vue du vin qui coulait dans le verre lui donna l'impression de posséder le saint Graal. Il prit le temps de regarder le vin en transparence devant la fenêtre de la cuisine. Le grenat de sa robe était sombre et profond. Denis but une gorgée. Le breuvage mit en éveil toutes ses papilles. Il ferma les yeux. Décidément, Eglantine avait eu raison de leur faire connaître ce petit vin qui mêlait intimement force et douceur. Emma regardait son père en souriant. Elle ne comprenait pas pourquoi les adultes prenaient du plaisir en goûtant le vin. « Ils parlent de goût de fruits rouges, pfff, ils feraient mieux de boire un bon jus de cerise ! » pensa-t-elle en haussant imperceptiblement les épaules. Peut-être, un jour, lorsqu'elle serait adulte, prendrait-elle également ce plaisir. Elle enfourna le gâteau dans le four et partit dans sa chambre finir d'emballer les bracelets de perles de rocailles qu'elle offrirait à sa mère le soir même.

Denis repassa dans le salon. Neil Young entamait « Old man ». Cette formidable chanson lui rappelait leurs vingt ans. Diable que cette époque lui semblait si proche parfois !

Le sentiment qu'il ressentait en ce moment précis était indéchiffrable. Tout était prêt, il n'avait rien à faire. Dans quelques instants, l'agitation régnerait dans le salon qui était, pour l'heure, calme et feutré. Il se dit qu'il était un peu comme dans une station balnéaire, la veille de l'arrivée des vacanciers. On a cette impression qu'il va se passer quelque chose. On ressent ce petit flux électrique dans l'échine, on capte une sensation d'excitation dans l'air, mais l'atmosphère est paisible, personne ne circule dans les rues. La plage est déserte, l'océan roule ses vagues uniquement pour le sable et les coquillages. Les minutes ressemblent à des heures et s'écoulent doucement. Tout à l'heure, ce sera l'effervescence.

Il chassa la langueur de son esprit. Il était dix-neuf heures trente. Eva allait bientôt revenir et leurs amis arriver. Denis alluma les bougies que sa femme avait disposées un peu partout dans la pièce. L'ambiance était chaleureuse. La soirée s'annonçait prometteuse. Il retourna à la cuisine afin de réchauffer le tajine d'agneau à feu doux. Il en profita pour se resservir un peu de vin. Tout était prêt. Il rejoignit son fauteuil. Neil Young chantait maintenant « The Needle and the Damage Done ».

La sonnerie de l'entrée résonna. Denis se leva, posa son verre sur la petite table où était dressé l'apéritif. Il ouvrit la porte et invita ses amis à entrer.

— Eva n'est pas encore là. Elle est partie accompagner Quentin à sa répét'. Elle ne devrait plus tarder !

Antoine et Monia s'installèrent dans le salon. Monia était la meilleure amie d'Eva. Elles s'étaient rencontrées sur les bancs de la fac, lors d'une manifestation contre un ministre quelconque de l'époque. Elles s'étaient cachées sous le même porche à l'arrivée des CRS. Dès lors, elles ne s'étaient plus quittées. Monia et Eva avaient partagé beaucoup de choses ensemble et se considéraient comme des sœurs. Des sœurs de cœurs aimaient-elles annoncer à la ronde !

Denis leur proposa un verre de vin. Au moment où il les servait, Eva fit son apparition sur le seuil de la porte.

— Bonjour à tous ! claironna-t-elle. — Excusez mon retard, c'est terrible, les adolescents sont intransigeants de nos jours !

Elle rangea sa veste et son sac à main dans le placard près de l'escalier. Elle était rayonnante dans sa robe turquoise. Elle essaya de discipliner un peu ses cheveux châtains ébouriffés. Le chignon qu'elle avait fait ce matin n'était plus qu'un lointain souvenir : des boucles s'en échappaient et faisaient une cascade de part et d'autre de son visage.

Eva salua ses amis et embrassa tendrement Denis. Ses lèvres avaient le goût du vin. Elle vit les violettes sur la table.

— Humm du brulhois ! Des violettes ! Et mes amis ! Serait-ce mon anniversaire ? Je veux bien un verre moi aussi !

Emma dévala l'escalier en criant « Mon gâteau !!! Il va cramer ! Vite, vite ! ». Elle s'engouffra dans la cuisine. « Ouf, à temps ! ». Elle se dirigea vers le salon et salua tout le monde. Elle embrassa Monia et Antoine et remonta aussitôt dans sa chambre.

Appréciant le calme revenu, Eva, Denis et leurs invités s'installèrent autour de la petite table. Ils levèrent leur verre pour honorer les quarante ans d'Eva. Monia était assez admirative du sang froid qu'Eva montrait. Elle le lui dit. Etait-elle si sereine ? Ou alors était-ce juste un masque ? Elle se souvenait que trois ans plus tôt, le passage des quarante ans avait été un ouragan en ce qui la concernait.

— Tu es fantastique, les années semblent à peine t'effleurer ! Donne-moi ton secret ! Insista Monia.

— Denis probablement ! surenchérit Antoine avant de déguster une poignée de cacahuètes.

— Ben voyons ! apprécia Eva.

— J'aimerais bien, toutefois je pense que sa force lui vient de l'intérieur. Et peut-être finalement un peu de sa glaise qu'elle modèle dès qu'elle le peut ! L'argile, c'est bon pour la peau, non ? s'amusa Denis.

— Tiens, au fait, tu en es où dans tes œuvres ? la questionna Monia. — Je peux voir ?

Eva l'invita à venir dans son atelier : « Suis-moi ! »

Denis et Antoine restèrent dans le salon. Denis remit en route le CD de Neil Young. Antoine le questionna sur son cabinet. Marchait-il comme Denis le souhaitait ? Les patients n'étaient-ils pas trop envahissants ? Denis lui parla de Madame Guilbert. Ils en rigolèrent tous les deux. Antoine lui demanda si cette dame n'était pas un peu amoureuse de lui pour venir si souvent le voir. Puis, ils échangèrent sur leurs lectures en cours comme ils aimaient le faire lorsqu'ils se voyaient. Ils avaient eux aussi instauré des petites habitudes, des petits rites bien à eux. Antoine parla du livre historique qu'il était en train de lire ou plutôt d'étudier. La civilisation aztèque le fascinait. Il faisait des recherches en parallèle afin de mieux comprendre les rouages de cette société. Denis, quant à lui, dut avouer qu'il ne trouvait pas le temps de lire de grandes choses, du moins, du point de vue littéraire. En ce moment, il se contentait de lire des magazines et de relire Exbrayat qu'il appréciait toujours autant.

Dès qu'elle entra dans l'atelier, Monia remarqua la petite sculpture sur le meuble sous la fenêtre du fond. Elle s'approcha. L'œuvre d'art représentait un homme debout. Il levait ses bras vers le haut. Il semblait interpeller le ciel et le monde. Le tout n'était pas très grand. Cependant, l'impression d'envolée était très réussie.

— Hum, pas mal du tout ! dit-elle en se dirigeant vers la table centrale. Elle souleva le linge humide qui recouvrait le travail en cours — Alors, qui es-tu, toi ?

Eva était restée le dos appuyé à la porte d'entrée. Elle aimait voir son amie vagabonder dans son univers. Elle la laissait découvrir sans intervenir. Monia pouvait fouiner là où elle le souhaitait. Elle était une des rares qu'Eva supportait dans son atelier. Eva ne voulait surtout pas influencer la réaction de Monia et encore moins son opinion par les explications qu'elle aurait pu fournir. Ces visites dans son antre se bornaient au strict minimum. Il n'était pas question d'accepter que les paroles s'imposent face aux sentiments que les figurines d'argile pouvaient susciter. Ce qui intéressait Eva, c'était de voir si Monia pouvait ressentir les mêmes choses qu'elle ! Eva s'inspirait d'œuvres d'art ou plus exactement des émotions qu'elle éprouvait lorsqu'elle était en présence de ces œuvres. Ça pouvait tout pareillement être des films, des tableaux, des chansons. Peu importait le support d'origine. Tant qu'elle percevait quelque chose de fort, elle le transposait dans la glaise.

Monia siffla d'admiration. Devant elle, se dressait un taureau. Sa tête touchait terre, son oreille gauche gisait au sol, pourtant la gueule de l'animal se tournait vers le ciel. Sur son dos et dans son cou, des blessures s'ouvraient. L'expression de douleur de la créature était doublée d'une sorte d'incompréhension. Monia frissonna.

— Celui-là, je l'adore ! s'exclama Monia en regardant son amie.

— Oh ! Merci, mais je n'ai pas fini de travailler le détail des muscles.

Eva était visiblement ravie de la réaction de son amie. Elle repositionna le linge sur la sculpture.

Les deux femmes sortirent de l'atelier et reprirent le chemin de la maison.

Lorsqu'elles arrivèrent dans le salon, Quentin était rentré de chez son copain. Il annonçait à Denis et à Antoine que leur musique était franchement dépassée et que nul ne valait *Good Charlotte*. Les deux hommes s'amusaient à contredire l'adolescent. En fait, ils aimaient aussi ce groupe de musique. Mais pour rien au monde, ils ne l'auraient avoué à Quentin.

Emma les rejoignit en vue de passer à table. La soirée était très agréable. Le tajine s'avérait excellent. « Je reconnais la recette de ta grand-mère » avait dit Monia. Ils passèrent la soirée à parler du temps qui passait, des enfants qui grandissaient, de leurs plans. Monia et Antoine avaient entamé des démarches en vue d'une adoption. Le projet de leur vie était en train d'aboutir. Dans quelques mois, peut-être même quelques semaines seulement, ils seraient parents d'une petite fille venue de Colombie. Denis et Eva partageaient leur bonheur. Eva serait la marraine.

Il était presque deux heures du matin lorsque Monia et Antoine quittèrent leurs hôtes. Jugeant qu'il était déjà tard, et qu'ils avaient assez travaillé pour cette journée, Eva et Denis allèrent se coucher en laissant la vaisselle et le ménage pour le lendemain.

Emma et Quentin étaient déjà montés dans leurs chambres. Eva vérifia qu'ils étaient couchés. Elle embrassa tendrement chacun de ses enfants en faisant attention de ne pas les réveiller. Elle passa ensuite dans la salle de bain et alla rejoindre Denis au lit. Il lisait un article dans un magazine. Elle jeta un œil afin d'en connaître le thème : les guérillas africaines. Comment faisait-il pour lire un article si sérieux à cette heure ? Elle tombait littéralement de sommeil. Elle déposa un petit baiser sur sa joue et se blottit contre lui. Eva s'endormit immédiatement.

Denis posa sa revue à la fin de la lecture de sa chronique. Il faudrait qu'il la relise plus tard, il était trop fatigué maintenant. Il regarda Eva dormir. Il lui murmura « Tu es magnifique, je t'aime ma chérie » avant d'éteindre la lumière et de s'endormir à son tour.

La sonnerie du téléphone réveilla Eva dès sept heures. Elle jeta un œil à son réveil. Non, ce n'était pas lui. Elle se leva avec difficulté, trébucha sur une chaussure laissée dans le passage par Denis la veille, grommela jusqu'au téléphone et décrocha. Elle éclaircit sa voix en toussotant un peu.

— Allo ?

— Bonjour, Eva Boisset ?

— Euh. Oui

— Je suis le docteur Dorcy. Je suis avec votre grand-mère Eglantine. Il faudrait que vous veniez tout de suite. Elle va très mal. Je crains qu'il ne lui reste que quelques heures à vivre !

— …

— Vous m'entendez, Madame Boisset ?

— Oui. Mais… J'arrive !

Le coup était dur. Elle ne comprenait pas vraiment ce qu'il venait de se passer. Non, Mamibelle ne pouvait pas mourir. Pas « sa » Mamibelle. Elle n'allait pas très bien, elle était âgée, certes, seulement elle ne pouvait pas mourir. Cette issue faisait partie des choses impossibles à imaginer. Son esprit allait à mille à l'heure, son cœur battait fort dans sa poitrine.

Eva monta réveiller Denis. Elle lui expliqua qu'il devait rester avec les enfants. Elle devait y aller seule. C'était important. Ils viendraient plus tard, dans l'après-midi. Déboussolée, elle s'habilla rapidement, passa dans la salle de bain pour se débarbouiller. Elle se retrouva rapidement dehors, dans la fraîcheur du petit matin.

En montant dans sa voiture, la voix du toubib résonnait dans son crâne comme un marteau assourdissant.

— Je suis avec votre grand-mère.

Il faudrait que vous veniez tout de suite.

Elle va très mal.

Je crains qu'il ne lui reste que quelques heures à vivre !

Je crains qu'il ne lui reste que quelques heures à vivre !

Il ne lui reste que quelques heures à vivre !

Que quelques heures à vivre !

Quelques heures…

… à vivre !

Je sais que je vais mourir. Je le sens au fond de moi. Les forces me quittent peu à peu. Ce docteur fait ce qu'il peut afin de me rassurer. Mais je n'ai pas peur de mourir. A mon âge, on apprend à vivre au quotidien avec la mort. Elle est presque une amie. Une compagne. Elle est présente dans chaque cellule de mon corps et depuis longtemps déjà. Trop longtemps.

…

Et surtout depuis que tu es parti mon très cher. Je n'arrive plus à apprécier cette vie. Je me laisse glisser. Peu à peu, tout doucement. Et aujourd'hui, c'est le grand jour pour moi. Je sais que tu seras là au bout du chemin.

…

Je t'aime inlassablement, tu sais.

…

Je ne pensais pas te survivre. Je nous ai toujours imaginés partir ensemble. Je sens une larme perler à mes yeux. Non. Je ne veux pas pleurer aujourd'hui. Pas aujourd'hui. Il est trop tard pour pleurer. Trop tard pour te pleurer. Je l'ai déjà trop fait. Je veux partir heureuse et souriante. Je te rejoins.

…

Le docteur a appelé ma petite Eva. Je sais qu'elle va venir. Je voudrais te revoir Eva, ma petite Eva, ma tendre petite-fille. Oh oui ! Te revoir avant d'accomplir ce petit pas vers l'au-delà. J'ai tellement besoin de t'entendre me murmurer une dernière fois « Mamibelle belle belle ». Je voudrais tant que tu sois là.

…

Une porte claque en bas. Est-ce toi ? Est-ce ta voix que j'entends ? Ou est-ce la voix de ceux qui m'appellent plus loin, là-bas ?

…

Mes hommes m'attendent. Je sais que là où je vais, il n'y a pas de jalousie, pas de mesquinerie. Il n'y a que l'amour.

…

Ah, oui l'Amour !

Ma vie a été bercée par sa clarté. Des douleurs également. Mais je ne veux garder avec moi que les moments heureux. J'ai aimé tendrement Pierre, mon petit mari et Paul notre fils aussi. J'ai tellement eu mal quand Paul est parti te rejoindre mon Pierrot.

…

Non, que les moments de bonheur, je ne dois penser qu'aux moments heureux.

…

Et la venue de ma toute petite Eva a été une véritable révélation. Je ne pensais pas pouvoir être une mamie si tendre, si attentionnée. Prendre autant de plaisir à la voir grandir. Quelle tendresse ! Quelle lumière ! Elle me l'a si bien rendu ! Ah, ma petite Eva ! Prends soin de toi, maintenant !

…

Et mon amour. Mon très cher amour.

…

Où es-tu ?

…

Le docteur vient me faire une piqûre. Il ne veut pas que je souffre.

…

Il ne faut pas que je sombre trop tôt. Je crois qu'il a compris. Il me dit qu'il me donne un calmant en attendant la venue de mon Eva. Je lui souris. C'est un homme bon.

…

Viens ma petite, viens me tenir la main.

…

J'ai tant besoin de toi aujourd'hui.

…

Quel temps fait-il ? J'espère qu'il va faire beau. J'ai toujours voulu mourir un jour de grand soleil. La mort peut être belle. Je la voudrais merveilleuse !

…

Bien sûr, les jours à venir ne vont pas être très heureux, mon Eva. Mais, ne t'en fais pas, tu remonteras la pente. Tu as la vie devant toi. Tu es si jeune. Tu es à l'âge où tout a vraiment commencé pour moi. C'est si loin. Tellement loin.

…

Je ne sens plus mes jambes maintenant. Ma vue se brouille peu à peu. Il me faut pourtant tenir encore. Je me sens m'enfoncer comme dans du coton. C'est agréable. C'est doux. Moi qui ai si froid depuis quelques mois, je sens une douce chaleur irradier mon corps. Je n'ai plus de sensations désagréables. Plus de douleurs. Je suis si paisible.

…

Je sais maintenant que je ne pourrai pas te confier tout ce que je voulais. Heureusement que j'ai fait cette lettre. Elle ne dit pas tout, n'explique pas tout. D'autres te raconteront. D'autres sauront trouver les mots, j'en suis certaine. Mieux que moi, sûrement. Je leur fais confiance.

…

Je sais que tu seras là avant ma fin. Mais je ne sais pas si je te sentirais.

…

Eva

…

Pierrot, Paul

…

Edmond

…

Eva, oh Eva.

…

Sauras-tu me pardonner ? Sauras-tu comprendre ?

-4-

Eva démarra en trombe. Elle sortit du village sans s'en rendre vraiment compte. La voiture avala les premiers lacets qui la conduisaient vers la route de Nantes. Elle fit une embardée afin d'éviter un chat qui traversait tranquillement la route. Eva s'arrêta sur le bas-côté. Cet animal lui avait vraiment fait peur. Heureusement que la route était sèche. Elle remit ses idées en place et redémarra plus tranquillement : il ne s'agissait pas d'avoir un accident aujourd'hui ! Sa grand-mère avait trop besoin d'elle. Elle aussi avait besoin de la voir. Oh oui ! Qu'elle avait besoin de sa Mamibelle !

Il fallait encore qu'elle prévienne sa mère. Après tout, Jacqueline était restée plus de vingt-trois ans la belle-fille d'Eglantine. Mais où était sa mère ? Pourquoi fallait-il qu'elle soit constamment absente ? Toujours loin d'eux, d'Eva ? Qu'avait-elle dit au téléphone l'autre jour ? En Angleterre ? En Ecosse ? Oui, c'était bien ça, en Ecosse, du côté de Glasgow. Eva décida de ne pas penser à sa mère pour le moment. Elle verrait ça plus tard. Son père ? Mort dans un accident de voiture depuis dix-sept ans ! Que le temps passait vite ! Dix-sept ans déjà. Eva se souvenait exactement de l'annonce du décès de son père. Sa mère avait eu beaucoup de mal à remonter la pente. Et Mamibelle s'était effondrée. Elle revenait tout juste de l'une de ses retraites d'une semaine. Elle n'avait jamais revu Paul, son fils, vivant. Eva l'avait soutenue comme elle le pouvait. Son grand-père était mort un an auparavant. Eglantine semblait si fragile. On aurait dit à ce moment-là une petite flamme qui était sur le point de s'éteindre. Eva était alors venue vivre chez sa grand-mère. Elle était toujours étudiante et Eglantine habitait en ville. Sa mère, quant à elle, était partie effectuer un tour du monde en solitaire. Elle avait ainsi fui la réalité. Elle ne pouvait pas assumer cette douleur. Aujourd'hui, inlassablement, elle parcourait le monde au gré de ses amours et ses amants. Avec qui était-elle en ce moment ? Eva ne le savait pas. Sa mère faisait partie de ces femmes qui redoutent la vieillesse, qui ont la hantise du temps qui passe. Un jour, probablement, elle serait rattrapée, mais en attendant, elle continuait de fuir. Dans la période qui avait suivi le décès de son père, Eva n'avait plus vécu que pour redonner le goût de la vie à sa chère Mamibelle. Il avait fallu de longs mois, toutefois elle avait réussi. Puis, elle avait rencontré Denis et les choses s'étaient vite améliorées.

Déjà, les faubourgs nantais ! Diable, elle n'avait absolument pas vu la route passer. Avait-elle été assez prudente ? Heureusement, il ne lui était rien arrivé. Evidemment, le premier feu était rouge ! Sans doute un piéton avait-il voulu traverser. Mais maintenant, il était déjà loin et elle ne pouvait pas avancer ! Eva essaya de se calmer. Elle prit une grande bouffée d'air. Elle récupéra un peu de ses facultés. Il fallait qu'elle fasse un peu plus attention le reste du chemin. Elle n'en était qu'à la moitié. Et maintenant, elle allait arriver à Nantes.

Que disait Denis d'habitude ? Ah oui, « Ménage ta monture, et elle te mènera au bout du monde ». Cependant, Denis n'était pas là. Il la rejoindrait plus tard.

Le feu passa au vert, Eva démarra automatiquement.

Denis aimait bien Mamibelle. Il disait souvent qu'elle était adorable. Il la trouvait un brin originale. Et elle l'était peut-être un peu. Eva avait appris à ne pas juger son prochain, à l'accepter tel qu'il était. Alors l'originalité de Mamibelle ne l'effrayait pas. En fait, en y réfléchissant bien, il s'agissait uniquement d'une réputation due à ses nombreuses retraites dans un couvent dans le sud de la France. Depuis plus de quarante ans - ou n'y avait-il pas cinquante ans ? – oui, son père devait avoir quatorze ans à l'époque. Il y avait donc effectivement cinquante-deux ans qu'elle faisait des retraites d'une semaine par mois dans son couvent. « Tiens, se rappela Eva, il faudrait aussi prévenir les sœurs ». Mais Eva n'avait pas d'adresse. Sa grand-mère lui avait toujours dit que c'était son jardin secret. « C'est comme ça » lui disait son grand-père en haussant les épaules. Il ne devait probablement pas savoir exactement où elle allait non plus. Il lui laissait cette liberté. En y réfléchissant, Eva se dit qu'ils étaient incroyablement en avance sur leur temps. Sa grand-mère pouvait disparaître on ne sait où pendant une semaine par mois et son mari semblait trouver ça normal. Il fallait qu'elle s'épanouisse, qu'elle vive sa vie ! Eva pensait qu'il s'agissait en fait du seul moyen que sa grand-mère avait trouvé en vue de sortir de son quotidien, pour s'échapper de sa condition de femme et d'épouse. Elle devait trouver un peu de sens, de grandeur et probablement de spiritualité dans ces retraites. Toujours est-il que ses absences avaient continué même après le décès de son mari. Elles s'étaient encore intensifiées après la mort de son fils, Paul, le père d'Eva. D'une semaine, elles étaient passées à deux semaines par mois. Sa petite-fille avait essayé de l'en dissuader, pourtant rien n'y avait fait. Après tout, ces escapades semblaient lui procurer tant de bien.

Elle revenait à chaque fois plus rayonnante de ces séjours. Jusqu'à l'année dernière, fin septembre, où elle était partie comme d'habitude pour quinze jours, mais elle avait téléphoné à Eva afin de lui annoncer qu'elle resterait plus longtemps, un mois ou deux. Les sœurs avaient besoin d'elle. Eva avait compris que l'une d'entre elles – la mère supérieure vraisemblablement – n'allait pas bien et Eglantine souhaitait l'assister durant ses derniers jours. La vieille femme était revenue en novembre. Elle avait pu fêter Noël avec Eva et sa famille. Elle n'était jamais repartie par la suite. Elle semblait si fatiguée depuis, si mélancolique. Eva n'avait pas pensé qu'elle pouvait être liée avec les religieuses à ce point. Elle n'avait pas posé de questions à sa grand-mère, elle en connaissait déjà la réponse : le jardin secret ! Elle s'était contentée de l'entourer de tout son amour. Elle aurait peut-être dû insister un peu. Aujourd'hui, Eva ne savait pas comment prévenir les sœurs de son décès imminent. L'information se trouvait fort probablement quelque part dans les papiers d'Eglantine. Qu'importe, elle verrait cet aspect plus tard. Pour le moment, sa grand-mère n'était pas morte. L'important était qu'elle survive un peu et qu'Eva l'enlace encore une fois.

— Tiens bon, Mamibelle ! Oh oui, attends-moi, j'arrive ! lâcha Eva dans un sanglot qu'elle n'arriva pas à contenir.

Il était nécessaire pourtant qu'elle prenne sur elle. Il ne fallait pas qu'elle arrive avec les yeux tout rouges. Elle devait tout faire pour que sa grand-mère parte dans les meilleures conditions. Elle sentit une force incroyable en elle. Elle allait surmonter sa peine et réussir à accomplir ce dernier acte d'amour envers sa parente chérie. Oui, elle serait forte, plus forte que la douleur qui lui serrerait le cœur comme une tenaille.

Elle devait absolument penser à des choses agréables, la solution était de se raccrocher à des instants de bonheur. Ça serait plus facile. Il ne fallait pas qu'elle craque, surtout ne pas craquer.

Son enfance, par exemple. Mais que trouver dans son passé qui pourrait alléger tout ce chagrin qui l'oppressait ? Les goûters, tiens. Ah, oui ! Les fabuleux goûters de sa Mamibelle. Elle faisait des gâteaux fantastiques, des tartes aux pommes avec le bord de la pâte caramélisé, des gâteaux onctueux, des mousses au chocolat avec des tout petits morceaux. Eva avait souvent essayé de l'égaler sur ce plan, seulement même avec les recettes de sa grand-mère, rien n'y faisait. Cette incapacité faisait rire Eglantine, elle disait que ça venait probablement du moule et du four. Eva pensait plutôt qu'elle n'avait jamais réussi à avoir le tour de main de son aïeule. Et les crèmes aux œufs ! Les fameuses crèmes aux œufs de Mamibelle ! Celles à la vanille surtout ! Fondantes, douces, sucrées juste ce qu'il fallait, et dorées à point ! Un véritable régal ! Mamibelle les faisait toujours très tôt le matin et elle les mettait à refroidir dans son arrière-cuisine. Elle disait que ce stratagème permettait d'éviter que son mari ne les mange avant l'heure du goûter ! Enfant, Eva invitait les copains du quartier à venir prendre des goûters chez sa grand-mère. Eglantine disait qu'elle acceptait d'être la mamie de tous les gamins. Elle avait un grand cœur sa Mamibelle !

Et ces collations improvisées sur le bord de la piscine municipale ! Que ce temps était loin, révolu. Eva, comme tous les enfants, aimait aller à la piscine l'été. Eglantine ne se baignait pas, elle disait qu'elle se sentait trop vieille. En fait, son plus grand plaisir consistait à regarder sa petite-fille se baigner et s'amuser avec les autres enfants. Eva riait, criait, appelait sa grand-mère : « t'as vu Mamibelle, je sais réaliser cette pirouette avec les jambes ... et puis, t'as vu, je peux effectuer des grands ronds aussi... » Et Mamibelle applaudissait de bonne grâce, en bonne spectatrice, à toutes les démonstrations de sa petite-fille. Ensuite, Eva sortait du bain et rejoignait Eglantine sur les gradins. L'enfant se faisait alors frictionner dans une grande serviette toute douce qui sentait bon la lavande et le savon de Marseille. Puis, elle se pelotonnait dans les bras accueillants de son aïeule. Et enfin, le cérémonial pouvait débuter. Mamibelle sortait un joli torchon – un de ces torchons à carreaux bleus et blancs - qu'elles déployaient - chacune d'elle en saisissait un côté - sur les marches entre elles deux. Elle y déposait les tartines de pain beurrées à l'avance bien alignées. Et à côté de chacune, elle positionnait une barre de chocolat noir à croquer. Ce goûter n'avait rien à envier aux autres en-cas délicieux pris chez la vieille dame quant aux sensations gustatives. Mais cet échange était tellement authentique, et surtout uniquement réservé à elles deux. Ces collations étaient indiscutablement les meilleures qu'Eva n'eût jamais prises.

Eva arriva à un carrefour à l'entrée de Nantes. Elle s'arrêta au feu rouge. Une voiture s'immobilisa à côté de la sienne. Le conducteur dévisagea Eva avec insistance. Elle se dit qu'elle devait avoir une tête abominable. Elle se regarda dans le rétroviseur intérieur. Elle avait les cheveux en bataille et les yeux rouges. Il fallait remédier un peu à son apparence. Elle laissa échapper un sanglot. La dernière fois qu'elle s'était vue dans cet état, était lorsque son père était mort.

C'était si loin.

Aujourd'hui, Eglantine avait quatre-vingt-onze ans, il fallait s'y attendre. Elle était à la fin de sa vie. Depuis Noël, elle perdait des forces. Eva pouvait se l'avouer maintenant, sa grand-mère avait commencé à décliner après son dernier retour du couvent. Peut-être y était-elle restée trop longtemps. Presque deux mois hors de chez elle, à son âge, ce n'était pas vraiment raisonnable.

Heureusement, Eva avait su l'entourer comme il le fallait. Depuis la fin de l'année, elle faisait souvent l'aller-retour pour aller voir sa grand-mère, lui effectuer ses courses, lui apporter ses magazines préférés. Tous les prétextes étaient bons. Elles sortaient parfois pour aller au marché. Un peu. De moins en moins. Sa grand-mère fatiguait vite. De plus en plus vite.

Eva aurait voulu faire plus en faveur de sa grand-mère. Eglantine savait l'amour que sa petite-fille lui portait. Et ça, c'était déjà énorme. Et l'amour que ses arrière-petits-enfants lui vouaient tout autant.

Mamibelle avait été tellement heureuse lors de la naissance des enfants d'Eva. Elle avait suivi chaque grossesse avec assiduité et bonne humeur. Toujours disponible en vue de la rassurer sur les désagréments de cet état. « Profites-en ma jolie, cette période ne dure pas très longtemps en fin de compte, fais-toi chouchouter et câliner par ton homme. C'est une époque où tu es une reine ! ». A la naissance de Quentin, Eglantine avait été très heureuse « Un fils, quel bonheur ! ». Sans doute, pensait-elle que la vie lui redonnait un peu le fils qu'elle avait perdu. La naissance d'Emma avait été également un moment de félicité pour Mamibelle. Eva lui avait téléphoné afin de lui annoncer la nouvelle. « Emma ? avait dit la grand-mère, une petite fille, que je suis contente ! Que je suis ravie pour vous ! Et vous avez bien choisi, Emma est un joli prénom. J'aime beaucoup, il est si doux. » Oh oui, Mamibelle aimait véritablement ses arrière-petits-enfants. Chacun d'eux. Ils auraient un réveil pénible tout à l'heure lorsque leur père leur dirait où Eva s'était rendue.

Eva avait maintenant terminé de remonter la route de Paris. Elle entrait dans le centre de Nantes. Elle n'arrivait plus à penser à autre chose qu'à sa grand-mère allongée sur son lit qui était en train de mourir. Il ne lui restait que quelques rues avant de la rejoindre. Pourvu qu'elle puisse arriver à temps !

Je sais bien que l'on ne choisit pas l'heure de sa mort. Nous ne sommes pas maîtres de notre sort. D'ailleurs, sommes-nous vraiment voués à un quelconque destin, à un chemin tout tracé ? Notre vie, notre fin sont-elles véritablement programmées ?

Si seulement j'avais les réponses ! Si seulement j'avais des certitudes !

Mais, si tu peux y faire quelque chose, attends-moi Mamibelle !

…

J'espère que tu ne souffres pas. Le médecin est auprès de toi. J'ai confiance en lui. Il va t'aider à ne pas souffrir.

Oh, attends-moi !

Je t'aime tant.

…

Y a-t-il vraiment autre chose après la mort ? Une autre vie nous attend-elle ? Si c'est le cas, elle ne peut être que meilleure. Elle le doit.

Sans doute. Je veux y croire. Oui, il faut que je me raccroche à ce petit espoir. Tout ça doit être vrai.

Au secours ! Ce n'est pas possible ! Aidez-moi !

…

Papa, je ne sais pas si tu m'entends.

Si oui, viens la trouver, ne la laisse pas partir seule.

Et toi Papy, viens aussi au bout de son chemin.

...

Mamibelle, Ma Mamibelle, je t'aime.

...

Je voudrais crier, hurler ma douleur. Mon affection, mon amitié, ma tendresse, mon amour pour toi. Est-ce que quelqu'un m'entend là-haut ?

Les gens parlent d'une lumière blanche, Mamibelle, attends avant de te laisser glisser vers elle.

...

J'arrive !

...

J'arrive ma belle.

...

Aidez-moi ! Aidez-nous !

Mon Dieu, faites qu'elle ne souffre pas. Faites que j'arrive à temps.

-6-

La place Viarme était calme. Seules les quelques personnes qui rejoignaient le marché de Talensac la traversaient. Elles avaient probablement dû se garer à proximité afin de descendre tranquillement les petites rues et profiter de la quiétude du quartier à cette heure-ci de la journée. La foule arrivera plus tard, en fin de matinée. Toutefois pour le moment, la place offrait un spectacle paisible. Un feu rouge clignotait. Eva immobilisa sa voiture. Un tramway passa. Eva lui laissa la priorité puis s'engagea dans le parking au centre de la place. Elle trouva un stationnement sans difficulté. Le soleil pénétrait les touffes de feuilles des arbres citadins. Une petite brise caressait le visage d'Eva. Les oiseaux l'accueillirent avec gaieté. Elle prit une grande respiration. Ils ignoraient tout de la situation. Pour eux, la vie était belle. La vie, la mort, ils semblaient s'en moquer. Eva savait qu'elle allait vivre des instants forts, des moments difficiles. Mais il fallait qu'elle les vive. Il le fallait pour elle, il le fallait pour Eglantine. Elle le lui devait.

Elle ferma sa voiture et prit la direction de la petite rue. Un frisson la parcourut. La rue était plongée dans l'ombre. Le soleil ne pénétrait que rarement dans cette rue. Heureusement, le domicile de sa grand-mère donnait de l'autre côté, du côté des jardins et des cours intérieures. Elle appuya sur le bouton d'ouverture du porche de l'immeuble du numéro cinq. Elle poussa la porte, entra dans le hall. Elle regarda machinalement dans la boîte aux lettres, le courrier avait dû être relevé – ou peut-être Mamibelle n'avait-elle rien reçu ces derniers jours. Eva traversa le couloir et pénétra dans la cour. Elle poursuivit son chemin jusqu'au dernier logement au fond du jardin. La maison était en bon état. La façade blanche contrastait avec ses volets bleus. L'odeur des géraniums dans les balconnières invita Eva à entrer dans le refuge de sa grand-mère. L'intérieur était plongé dans la pénombre. L'ensemble était propre, bien entretenu, et simple. Pas de fioriture, des meubles, des objets en camaïeu de beige, de marron et de bleu. Un papier peint rayé dans la même tonalité recouvrait les murs de l'entrée. Bien que défraîchi, il apportait de la chaleur à la pièce. Un décor sombre, propre aux petites gens, aux personnes sans histoire. Le reflet d'une vie agréable, ordinaire, convenable, d'une existence heureuse passée sans se poser trop de questions.

Un homme se tenait en haut de l'escalier. Il descendit en esquissant un sourire de compassion. Il tendit la main à Eva. C'était un homme de grande stature, assez mince. Ses cheveux noirs étaient coupés très court, ce qui faisait ressortir ses yeux bleu outremer.

— Bonjour, je suis le docteur Dorcy, lui dit-il à voix basse. — Votre grand-mère est dans sa chambre à l'étage, elle n'est plus vraiment consciente. C'est bien que vous ayez pu venir à temps. Elle vous espérait. Je crois... Je crois que ça va aller vite maintenant que vous êtes là. Je ne pense pas qu'elle passe l'heure de midi. Je vais aller visiter quelques patients et je reviendrai juste après avoir déjeuné. Si vous avez besoin de moi, n'hésitez pas à me téléphoner. Je vous ai laissé mon numéro sur la table de nuit. »

— Merci Docteur. A tout à l'heure.

— Bon courage !

Eva regarda l'escalier. Il fallait à présent qu'elle le monte. Qu'il paraissait immense ! Elle déposa sa veste et son sac à main dans le vestibule. L'angoisse qui comprimait sa poitrine resserra un peu plus son étreinte. Comment allait-elle la trouver ? Le docteur venait de la prévenir que Mamibelle n'était presque plus consciente. Qu'est-ce que ça signifiait ? Allait-elle être à la hauteur, n'allait-elle pas éclater en sanglots lorsqu'elle la verrait ? Encore une marche et la chambre serait tout de suite à droite.

Celle-ci était baignée par une douce lumière. Les premiers rayons du soleil distillaient des halos à travers les rideaux blancs. Une impression paisible régnait dans cette pièce. Le lit était au beau milieu de la chambre. Un vieux lit en bois sculpté, comme on en trouvait dans les années trente. Des grappes de fleurs, de roses ornaient la tête et le pied de lit.

Eglantine était allongée dans les draps. La couverture avait été roulée à ses pieds. Eva s'approcha. Elle murmura « Je suis là, Mamibelle » et lui déposa un baiser sur le front. Les yeux de la vieille femme étaient entrouverts, pour autant elle ne semblait plus être consciente, elle ne réagissait plus. Ses yeux vert délavé ne voyaient probablement plus grand-chose maintenant.

— Je suis là, je suis avec toi, Mamibelle ! lui confirma Eva — Je ne te quitte plus.

Eva approcha une chaise auprès du lit de sa grand-mère. Elle s'installa et prit la main d'Eglantine dans la sienne.

— Voilà, tu vois, je m'installe près de toi. Tu as les doigts un peu froids. Je vais te réchauffer.

La respiration de Mamibelle était forte. La sensation était amplifiée sans doute par le fait que c'était le seul bruit que l'on percevait dans la pièce. Mais Eva eut l'impression que tout l'être de sa grand-mère était concentré sur son souffle. Chaque cellule de son corps s'activait dans le seul but que la respiration continue son office.

Le regard d'Eva balaya la pièce. Elle s'arrêta sur la petite commode près de la fenêtre. Les trois tiroirs étaient fermés. Cependant, Eva savait ce qu'ils contenaient. Les deux premiers étaient consacrés au petit linge de sa grand-mère, et le dernier regorgeait de petits sets, morceaux d'étoffes, de dentelles en tout genre. Un exemplaire de ces napperons trônait sur le plateau du meuble. Des fleurs, des feuilles, toute une végétation luxuriante brodée ornaient le tissu. Deux cadres en bois cérusé étaient posés dessus. Le premier contenait une photo en noir et blanc de Pierre et de Paul. Ce dernier devait avoir environ deux ans, il était habillé d'un polo clair et d'une culotte courte bouffante retenue par des bretelles comme ça se faisait à l'époque. Pierre, quant à lui, était vêtu d'un pull-over sombre. Il tentait de donner à manger à son fils à l'aide d'une cuillère. Le pari ne semblait pas gagné au vu de l'énorme sourire malicieux que l'enfant accordait au photographe. Le second cadre était la réplique exacte de l'autre. La photo était plus récente. Elle datait d'environ trois ans. Il s'agissait d'Eva, de Denis et des enfants. Ils avaient posé pour illustrer leur carte de vœux. Eva se souvenait avoir fait tirer un exemplaire de cette photo dans l'intention de l'offrir à sa grand-mère afin de lui souhaiter la bonne année. Une petite lampe dans les tons rouille venait compléter le tableau.

Le regard d'Eva se posa sur le tableau au-dessus du lit. L'encadrement était ancien. Il était également en bois brut sculpté. Il serpentait comme un ruban, faisant un nœud au-dessus du châssis. Au centre de la photo un peu jaunie, Eglantine et Pierre se tenaient debout, fiers et heureux. Il s'agissait du jour de leurs noces. Pierre avait mis un joli costume qui lui allait parfaitement. Il était très beau. Eglantine portait une ravissante robe de mariée. Eva se souvenait que sa grand-mère lui avait dit un jour qu'elle avait mis la robe de mariée de sa mère. Entièrement en dentelle, avec des manches longues, elle semblait avoir été faite pour Eglantine. Très certainement, une couturière avait repris la robe de manière à ce qu'elle épouse au mieux la silhouette de Mamibelle. Elle lui allait à la perfection. La jupe était vaporeuse, ce qui donnait un sentiment d'irréalité. Un peu comme si Eglantine avait été immatérielle. Cette impression était renforcée par le sourire un peu énigmatique de la jeune femme : une Mona Lisa à sa façon.

— Tu étais superbe, Mamibelle ! laissa échapper Eva.
— Tu l'es toujours. Tu as eu une vie bien remplie, tu peux partir tranquille maintenant. Tu es entourée de tes souvenirs, dans ta chambre, tu vas partir comme tu le souhaitais. Je suis si contente pour toi !

Eva regardait intensément sa grand-mère. Elle lui sourit. Elle ne savait pas où en étaient exactement les sens de la vieille femme. Elle se dit qu'il valait mieux être rassurante au cas où Mamibelle pourrait l'entendre. Elle lui caressa le visage. Les traits d'Eglantine se détendirent un peu plus.

Eva eut un instant de doute. Peut-être la respiration allait-elle s'arrêter d'un coup. Elle ne le savait pas, elle n'avait jamais assisté personne dans cette « aventure ». Pourtant, l'air continuait de rentrer et sortir des poumons de sa grand-mère. Eva se focalisa involontairement sur la respiration de la mourante.

Elle passa de nombreuses heures à guetter Eglantine. Ses gestes étaient presque mécaniques. Elle savait d'intuition ce qu'il fallait accomplir. Elle parlait régulièrement à sa grand-mère doucement, avec des mots simples, mais chaleureux et avec une tonalité de voix qu'Eva ne se connaissait pas. Elle lui caressait les mains, le visage, les cheveux. Elle faisait partie intégrante de cette respiration. Lorsque Eva sortit de sa torpeur, il était midi et demi.

Eglantine émit un soupir, sa respiration se calma, changea de cadence, diminua progressivement. Eva s'en rendit compte. La fin était proche.

— Je suis avec toi Mamibelle. Tu es formidable, tu sais ? Le docteur avait dit que tu partirais avant midi. Il est treize heures actuellement, tu es toujours vivante ! Tu as réussi à leur faire un dernier pied de nez. Je te reconnais bien là !

Eva adressa un magnifique sourire à sa grand-mère. Elle prit conscience qu'il s'agissait maintenant des derniers mots qu'elle ne pourrait plus jamais lui exprimer. Une larme s'échappa. Une seule et unique.

Bientôt tout allait s'arrêter, un dernier appel d'air comme si l'organisme voulait lutter une dernière fois, avoir le dernier mot, et le corps s'arrêterait totalement.

Eva prit conscience qu'il ne lui restait maintenant que quelques minutes, quelques secondes pour dire « je t'aime ».

— Je t'aime Mamibelle, me vois-tu ? Tu es si belle, tu parais si paisible. Je ne sais pas si tu me discernes, si tu sens ma main serrer la tienne. Si tu perçois mon autre main caresser ta joue, ce baiser que je dépose sur ton front.

— *Je te vois ma petite. Je ne suis déjà plus vraiment dans mon corps. Non, je ne te sens pas, mais je te vois. En revanche, je ressens ton amour. Je t'aime aussi ma petite Eva. Je t'aime encore plus pour tout ce que tu fais pour moi. Tu es forte, ma belle.*

— Tu respires calmement, de plus en plus calmement. Tu sembles t'enfoncer doucement vers le sommeil.

Entends-tu les mots d'amour que je t'envoie ? Entends-tu le chant de ma tendresse ? Sais-tu que je suis là près de toi ? Sais-tu que la voix que tu entends qui te dit des mots d'amour est la mienne ?

— *Je te vois, mon Eva, ma petite fleur. Ne pleure pas, je suis heureuse.*

— Tu aimerais cette journée, le soleil brille. On entend les oiseaux dehors. Les fleurs embaument l'air.

Je t'aime Mamibelle, je t'aime de tout mon cœur.

Tes mains se refroidissent de plus en plus. J'espère que tu ne ressens plus le froid.

— *Je te vois, ma toute belle. J'ai chaud, tu sais. Ton amour me réchauffe. Il va falloir que je parte maintenant. Je t'aime, je t'aime, je t'aime ma petite-fille.*

— Je suis là, avec toi. Je t'accompagne. Ils t'attendent là-haut. Tous. Ton fils, ton mari, tes parents. Là où tu vas, il n'y a qu'amour.

Ta respiration s'arrête peu à peu. Tu souris. Un peu. Je le vois. Je le devine.

— *Je vois Pierre et Paul. Au bout de la lumière, ils me sourient. Edmond est là également. Je distingue d'autres gens, je ne sais pas qui ils sont. J'y vais ma belle, je te laisse. Je t'aime.*

— Tu peux partir maintenant. Je t'aime. Nous sommes tous avec toi. Je t'aime Mamibelle.

Adieu Ma Mamibelle !

— *Adieu Eva !*

-8-

Eva passa sa main sur les yeux de sa grand-mère, les lui ferma définitivement. La vieille femme ne verrait plus ni sa petite-fille, ni rien ni personne.

Elle se pencha afin d'embrasser sa grand-mère sur le front. Certains gestes simples sont, parfois, terriblement difficiles à accomplir. Elle dut réaliser un grand effort pour ne pas la secouer dans tous les sens et lui crier de se réveiller.

Eva devait reprendre ses esprits. Il est nécessaire d'accomplir certaines formalités dans ces moments. Oui, seulement lesquelles ? Sa mère s'était chargée de tous les papiers lors de la mort de son père. Mais pourquoi n'était-elle pas là aujourd'hui ? Elle aurait pu l'aider. Eva se recentra et canalisa ses idées. Il fallait penser à Eglantine avant tout, lui offrir un enterrement digne d'elle. Que souhaitait-elle exactement ? Eva et elle n'en avaient jamais vraiment parlé. Eglantine avait essayé quelquefois, simplement Eva repoussait toujours ce moment pénible. Et maintenant, elle ne savait pas vraiment ce que sa grand-mère souhaitait. Eva sentit un profond sanglot monter en elle. Non, pas tout de suite ! Il était trop tôt !

« Ah si ! Son chapelet. » Eva se souvenait d'une bribe de discussion qu'elle avait eue avec Eglantine. Discussion qu'Eva avait tôt fait d'écourter comme d'habitude. Toutefois la vieille dame avait réussi à faire passer quelques volontés ultimes. Deux revenaient à la mémoire d'Eva : le chapelet et l'enterrement près de Pierre.

— Lorsque je serai morte, je veux que tu m'enterres près de ton grand-père. C'est important. Je le lui ai promis.

Avant tout, Eva se dit qu'il fallait que le décès de sa grand-mère soit constaté. Elle appela donc le docteur Dorcy. Il était justement dans la rue, en face de chez Eglantine. Il avait écourté ses visites chez les autres patients pour être présent auprès d'Eglantine et d'Eva. Il les rejoignit à l'étage. Il se pencha sur la dépouille de la vieille femme, tâta son pouls, attendit un instant afin de s'assurer de l'arrêt total de la respiration.

Il se tourna vers Eva avec un air de profonde affliction.

— C'est fini, je suis désolé !

Eva faillit lui rétorquer qu'il n'y était pour rien et qu'après tout, c'était dans l'ordre des choses. Sa grand-mère était âgée. Au moins, elle n'avait pas souffert, et elle le devait un peu – beaucoup – à lui. Elle se contenta de lui sourire tristement lorsqu'il lui serra la main en posant son autre main sur l'épaule.

— Je vais vous remplir le certificat de décès pour que vous puissiez accomplir les démarches.

Eva descendit avec le docteur. Après avoir rempli le document, celui-ci prit congé. Il n'avait plus rien à faire ici et d'autres patients attendaient sa consultation.

Elle essaya à nouveau d'appeler sa mère depuis le vieux téléphone en bakélite qui trônait dans l'entrée. Elle n'eut pas plus de succès. Elle se décida à lui laisser un message.

— Bonjour Maman. Je suis désolée de te faire cette annonce sur un répondeur. J'aurais mille fois préféré t'avertir directement mais je n'arrive pas à te joindre. Eglantine — sa voix s'enraya — Eglantine est …

Eva n'arriva pas à prononcer le mot. Sa gorge lui serrait terriblement. Plus un son ne pouvait sortir. Au prix d'un énorme effort, elle réussit à prononcer « Rappelle-moi vite ».

Et puis, Denis. Il fallait appeler Denis. Lui annoncer la mort d'Eglantine et lui demander de venir rapidement. Elle ne voulait pas rester ici, toute seule, avec le corps de sa grand-mère à l'étage.

A cet instant, Eva sentit une immense lassitude l'envahir. Quelqu'un frappa doucement à la porte. Elle se leva avec peine, alla ouvrir. Monia se trouvait devant elle. Son amie arrivait, comme toujours, au bon moment. Eva ne se posa pas la question de savoir comment Monia se trouvait ici, à la minute même où elle avait besoin de quelqu'un. Elle lui tomba dans les bras. Elle arriva à murmurer « c'est fini ». Les larmes se mirent à couler sur ses joues. Monia l'entoura de ses bras. Ce geste permit à son amie d'évacuer un flot de sanglots. Après un petit moment, elle l'aida à venir s'asseoir dans la salle à manger.

— Denis m'a prévenue. Je me suis dit que tu aurais besoin de moi. Ton mari ne va pas tarder à arriver. Vous pourrez aller accomplir les formalités, je resterai ici avec… ta grand-mère, expliqua son amie.

— Merci ! arriva à balbutier Eva en s'essuyant un peu les larmes.

Monia était véritablement formidable. Elle pouvait compter sur elle. Elle était probablement la personne qui la connaissait et qui la comprenait le plus... après Mamibelle. Les larmes se mirent à couler de plus belle sans qu'elle puisse vraiment les contrôler.

— Denis m'a demandé de t'informer qu'il a eu ta mère au téléphone. Elle va arriver dès qu'elle le pourra. Antoine va rester auprès des enfants. Il les amènera demain. Il faut les préserver, ils sont grands, mais ils n'ont jamais vu quelqu'un de mort, n'est-ce pas ?

Eva hocha la tête. Ils avaient pensé à tout. Que c'était bon d'avoir des amis et un mari aussi prévenants ! Elle se leva pour aller chercher un paquet de mouchoirs dans sa veste. Elle esquissa un sourire : elle n'avait pas pensé à les prendre avec elle au moment d'accompagner Eglantine lors de son agonie. Elle avait été à la hauteur finalement. Une bouffée de fierté et de soulagement s'empara un instant d'elle.

Elle glissa la main dans la poche de sa saharienne. Ses doigts y rencontrèrent quelque chose de dur et froid. Son téléphone portable se trouvait avec ses mouchoirs. Eva le prit machinalement. Elle s'essuya les yeux puis jeta un œil à son mobile. Elle avait reçu deux messages. Elle composa le numéro du répondeur. Le premier message venait de Denis.

— Je t'aime, j'ai prévenu Monia et ta mère. Elles arrivent dès que possible. A tout de suite.

Jacqueline, sa mère, lui avait laissé le second message.

— Eva, ma belle, Denis m'a prévenue. Je suis désolée pour Mamibelle. Oh, que c'est difficile ! J'aurais voulu, j'aurais dû être là, près de toi, près de vous ! Je prends le premier avion. J'arrive.

Elle marqua un silence, avant d'ajouter « Eva, je t'aime ».

Pendant ce temps, Monia était passée dans la cuisine afin de leur préparer un thé. Eva lui déposa une petite bise sur la joue.

— Merci d'être mon amie » lui bredouilla-t-elle.

Elles burent leur boisson dans le silence. Pas un silence pesant comme celui qui s'installe entre des personnes qui n'ont rien à se raconter. Un silence complice. Un silence de recueillement. Un pacte de sérénité.

Monia rompit le silence en premier.

— Il faudrait peut-être que l'on habille ta grand-mère. Sais-tu quels vêtements elle souhaitait porter ?

Eva s'étonna de cette question. Le savait-elle vraiment ? Non, probablement pas. Son esprit était fortement embrumé, mais rien ne lui venait à la mémoire. Elle décida de lui mettre l'une de ses robes du dimanche. Monia se leva.

— Viens, il faut le faire, je vais t'aider.

Eva la suivit à l'étage.

Monia avait compris qu'il fallait qu'elle prenne en main les événements. Eva se laissait guider par son amie. Monia s'approcha du corps d'Eglantine, la vieille femme semblait dormir. Eva réalisa que sa grand-mère portait déjà la belle robe qu'elle voulait lui mettre. Elle avait aussi un gilet vert amande qui se mariait bien avec les couleurs de la robe.

— En fait, je pense que l'on va la laisser habillée ainsi finalement. annonça Eva à Monia.

— Comme tu préfères. Monia ajouta — On va arranger un peu son lit tout de même.

Elles placèrent le corps droit autant que possible. Puis, elles tirèrent sur les couvertures et sur le drap en vue de les lisser. Elles les replièrent de manière à ce que le buste soit totalement apparent. Eva prit les mains d'Eglantine. Elle les joignit machinalement sur sa poitrine, s'arrangea pour que les doigts se chevauchent. Après tout, sa grand-mère était croyante. Eva et Monia restèrent un moment à regarder la vieille femme en silence.

— Ah oui, son chapelet ! fit brusquement Eva. — Eglantine souhaitait que l'on place son chapelet dans ses mains jointes. Où peut-il bien être ?

Elle regarda autour d'elle. Peut-être, le trouverait-elle accroché sur le coin d'un cadre ? Celui de Pierre ? Il n'y était pas. Pas plus que sur un montant du lit. Elle ouvrit l'armoire. Elle repéra le petit tiroir dérobé où Eglantine avait l'habitude de mettre ses bijoux. Eva l'ouvrit, elle y découvrit deux bagues, une paire de boucles d'oreilles en or et améthyste, un camée – qui avait dû appartenir, si Eva avait bonne mémoire, à la mère d'Eglantine – en revanche toujours pas de chapelet. Eva referma le tiroir et l'armoire. Où se trouvait ce rosaire ?

Tout à coup, elle sut. Ce qui est évident est parfois masqué par les sentiments. La table de nuit ! Eva y trouva une boîte en bois sculpté. Elle l'ouvrit. Rien ! Le petit casier sous la tablette vit, au contraire, ses efforts récompensés. Le chapelet était là. Eva eut l'impression qu'il l'attendait. Elle saisit l'objet délicatement de la main droite, et posa la croix dans sa main gauche. Elle laissa s'enrouler le reste des perles sur le crucifix. Il était joli et parfaitement travaillé. Elle déposa un baiser sur le chapelet et le plaça doucement entre les doigts de sa grand-mère. Elle sourit. Un peu. Elle regarda intensément ses mains inertes. Si seulement elles pouvaient bouger encore une dernière fois. Si elles pouvaient lui caresser les cheveux comme quand elle était enfant.

Eva se retourna vers la table de nuit. Elle avait laissé la boite ouverte. Elle voulut la fermer lorsqu'une enveloppe attira son regard. L'écriture de sa grand-mère disait « voici mes dernières volontés ». Eva prit l'enveloppe et referma la boite machinalement. Elle fit signe à Monia qu'elle préférait qu'elles descendent pour lire ce pli.

Monia retourna dans la cuisine pour réchauffer l'eau afin de préparer à nouveau un peu de thé. Eva s'installa dans la salle à manger. Elle ouvrit la lettre de sa grand-mère un peu nerveusement – plus qu'elle ne le souhaitait. Elle se voulait sereine, toutefois n'arrivait pas à y parvenir totalement.

L'écriture de la défunte précisait à nouveau en haut de la feuille de papier qu'il s'agissait de ses dernières volontés. Une date attestait que le document était relativement récent.

Eglantine voulait être enterrée auprès de son mari Pierre et de son fils Paul. Elle souhaitait être dans le cimetière au bout de la rue, au pied d'un arbre centenaire, « Je serais même capable d'aller jusque-là » se permettait-elle d'ironiser. Elle n'était pas allée jusqu'à cent ans. A neuf ans près. « J'ai sans cesse pensé que les arbres nous rapprochent du sacré », ajoutait la vieille dame. Oui, Denis avait probablement raison, sa grand-mère était originale. Sa grand-mère avait été originale. Il fallait parler d'elle au passé maintenant. Eva n'avait jamais compris comment les gens réussissaient à parler des morts ainsi tout de suite après leur décès. Il lui faudrait probablement du temps pour employer l'imparfait au sujet de Mamibelle. Et encore plus, pour qu'une photo de la vieille femme prenne place dans un cadre dans l'escalier de la maison au sein du « mausolée » consacré aux morts de la famille : son grand-père, son père, les parents et grands-parents de Denis.

Cependant, ce qui intriguait le plus Eva, c'est la volonté ferme de sa grand-mère de diffuser une chanson précise lors de la commémoration. Elle disait dans sa lettre : « En ce qui concerne ma cérémonie d'adieu, je désire que l'on entende la chanson « *Octobre* »[1].

Eva expliqua ce souhait à Monia, revenue avec l'eau bouillante. Elles étaient toutes les deux très étonnées de ce choix. Mamibelle connaissait donc le répertoire de ce chanteur ? Monia demanda à Eva si elle se souvenait de quoi parlait cette chanson ? Eva aimait beaucoup ce titre,

---

[1] « *Octobre* » - Francis Cabrel – album « *Samedi soir sur la Terre* » - 1994

mais elle ne voyait pas l'empreinte de la mort dans le texte. Il s'agissait certes, de mélancolie, d'ambiance nostalgique. C'était tout de même une drôle de chanson pour une sépulture. Peu importait, il s'agissait des dernières volontés d'Eglantine, elles obtempéreraient.

Mamibelle demandait également des fleurs des champs. Rien de plus. Eva eut l'image de sa grand-mère jeune femme, vêtue d'une robe blanche en dentelle, virevoltant en riant dans une prairie pleine de fleurs. C'était peut-être cette image qu'Eglantine souhaitait qu'Eva garde d'elle.

Quelqu'un frappa doucement à la porte d'entrée, puis entra sans qu'on ne lui réponde. Denis se tenait sur le seuil de la maison. Eva se leva et se réfugia dans ses bras. Denis l'embrassa longuement sur les cheveux. Il l'enlaça tendrement.

— Je vais aller me recueillir un peu là-haut auprès d'elle, murmura Denis, visiblement très ému.

Il monta en silence, lentement. Il ne souhaitait pas rester longtemps, juste saluer la dépouille d'Eglantine.

Eva rassembla les papiers qui étaient nécessaires : la déclaration de décès, le livret de famille. Fallait-il autre chose ? Elle ne savait pas trop. Le papier de la concession du cimetière qu'Eglantine avait glissé dans l'enveloppe contenant ses dernières volontés. Fallait-il autre chose ? Non, Eva ne voyait rien d'autre.

Elle rassembla les documents près de son sac sur le petit bureau de l'entrée lorsque Denis refit son apparition le teint blafard et les yeux un peu rouges.

— Allez-y tranquillement. leur dit Monia — Je reste auprès d'Eglantine.

La boutique des pompes funèbres était au bout de la rue. Lorsqu'ils y entrèrent, une personne se dirigea vers eux. Elle leur expliqua rapidement que l'entreprise s'occupait de toutes les formalités. Ils choisirent le cercueil, un modèle simple, sans fioriture, une garniture blanche. Rien de plus. Pas la peine de mettre tout le confort, il était trop tard pour Mamibelle. Le professionnalisme de la conseillère plut à Eva. Elle était attentive, discrète et n'arborait pas l'air contrit que certains se croient obligés de prendre dans ces circonstances. Elle faisait simplement son travail, comprenait la douleur, et n'en faisait pas trop. Les papiers furent remplis en moins d'une heure. Le rendez-vous fut pris pour le mardi à l'église à quatorze heures. Par chance, il y avait de la place rapidement. L'équipe passerait en fin d'après-midi de manière à apporter les derniers soins au corps. Le prêtre viendrait le lendemain en vue d'organiser la cérémonie et bénir Eglantine.

En revenant vers la maison de Mamibelle, Eva eut la tête qui se remplissait d'une chanson. « *Oh Mamie, Oh Mamie, Mamie Blue. Oh Mamie Blue. Tu es partie un soir d'été...* » Elle s'arrêta un instant, les larmes montaient toutes seules. Denis la regarda, il lui sourit et passa son bras autour de ses épaules.

— Ça va aller ? lui demanda-t-il ?

Eva lui sourit à son tour.

— Oui, seulement une chose m'obsède. Avec Monia, tout à l'heure, nous lui avons laissé les vêtements qu'elle portait. Je sais, c'est bête mais elle n'avait pas de bleu sur elle. Elle aimait tant le bleu ! Je l'appelais Mamie Blue souvent lorsque j'étais enfant... Pourquoi ne lui ai-je pas mis de bleu ? Je suis navrée de ne pas y avoir pensé plus tôt.

— Ne t'inquiète pas. Nous allons lui trouver un petit quelque chose de bleu à lui mettre, la rassura Denis.

— Merci, articula avec peine Eva.

De retour au domicile de Mamibelle, ils trouvèrent Monia près de la défunte. Un détail sauta tout de suite aux yeux d'Eva. Eglantine n'avait plus son gilet vert, mais un bleu ! Elle n'arrivait pas à y croire ! Monia avait changé le vêtement de sa grand-mère ! Celle-ci se rendit compte de l'étonnement de son amie :

— J'ai remarqué un petit trou dans son gilet vert alors j'en ai choisi un autre dans son armoire. J'espère que j'ai fait le bon choix !

— Oui, merci, c'est incroyable ! C'est ce que je voulais te proposer !

Eva voulait y voir un signe, un petit clin d'œil de sa grand-mère. Comme si celle-ci lui susurrerait que tout allait bien pour elle. Son cœur se gonfla de tout l'amour qu'elle avait à l'égard de la vieille femme. « Oui, merci Monia » et elle ajouta tout bas « Merci Mamibelle ! ».

Denis s'approcha d'Eva.

— Tu sembles éreintée, tu ferais mieux de descendre te reposer un peu sur le canapé.

Eva jeta un regard sur son mari, sur son amie et sur sa grand-mère. Elle n'avait plus rien à accomplir maintenant. Denis avait probablement raison. Elle décida donc de descendre s'allonger quelques minutes en bas. Elle embrassa son mari, sourit à son amie et caressa les mains, à présent froides, de sa grand-mère.

Elle s'installa sur le divan dans le petit salon. Deux fauteuils recouverts d'un tissu identique lui faisaient face. Un vase avec un énorme bouquet de fleurs artificielles étaient posés sur une petite table ronde. Une desserte roulante servait de meuble à destination de la télévision. Un chat roux en céramique ornait cette dernière. Près de la fenêtre, une dizaine de pots en terre accueillait des plantes vertes et fleuries. Un lampadaire blanc qu'Eva datait des années soixante complétait le tableau. Elle prit la petite couverture qui était pliée sur le rebord du canapé et s'en recouvrit les jambes. Un coussin lui fit office d'oreiller. Son œil suivit les courbes des dessins en velours du divan. Les fleurs beiges et marron étaient soulignées par un liseré plus foncé, presque noir. Elle avait l'impression que ces meubles avaient toujours été là. D'aussi longtemps qu'elle s'en souvenait, le décor n'avait pas changé dans cette habitation. Eva réussit à détendre son corps fatigué. Le sommeil s'empara d'elle.

La nuit était déjà tombée lorsqu'elle se réveilla. Sa mère était là, assise sur un fauteuil. Elle pleurait. Eva se redressa, adressa un sourire triste à sa mère.

— Bonsoir Maman

— Bonsoir ma fille ! lui répondit Jacqueline entre deux sanglots. —J'espère que ce n'est pas moi qui t'ai réveillée.

— Non, ne t'inquiète pas. Quelle heure est-il ?

— Environ vingt-trois heures, je crois. C'est bête, je n'ai jamais de montre.

— Ce n'est pas grave, Maman.

Jacqueline se leva et prit Eva dans ses bras. Leur étreinte dura plusieurs minutes. Elles allèrent rejoindre Denis et Monia qui buvaient une tisane dans la cuisine.

— Ce n'est peut-être pas la peine de rester tous à veiller Eglantine. Je vais rester là, allez vous coucher. Je ne pense pas que quelqu'un vienne cette nuit. Ça ne se fait plus de venir à n'importe quelle heure du jour ou de la nuit pour rendre visite à un mort.

— Merci Maman. Mais je crois que… tenta Eva avant que Denis ne lui coupe la parole.

— Non, ta mère a raison. Nous allons rentrer dormir chez nous. Demain, il faudra revenir avec les enfants. Le reste de la famille va arriver également. Nous avons de longues journées devant nous, il va falloir tenir le coup.

— Je sais, toutefois je ne veux pas laisser Maman seule ! lui intima Eva.

— Je vais rester ici avec ta mère, ne t'inquiète pas.

Monia était décidément une très bonne amie, toujours là lorsque le besoin s'en faisait sentir.

Il en fut donc décidé ainsi. Monia et Jacqueline restèrent auprès de Mamibelle pendant que Denis et Eva rentrèrent à Oudon.

Eva dormit toute la matinée du lendemain. Les somnifères qu'elle avait fini par prendre au cours de la nuit avaient fait sentir leurs effets jusqu'à onze heures et demie passées. Denis avait commencé à prévenir leurs amis. Il savait que cette épreuve serait difficile.

— Allo ?

— Ah ! Bonjour Denis ! Comment vas-tu ?

— Pas très bien en réalité...

Les conversations téléphoniques avaient presque toutes débuté par ces mots. Le ton enjoué des premières phrases de leurs amis était quelque chose de difficile à encaisser lorsque l'on vient de voir mourir sa grand-mère. Denis voulait délester Eva de ce fardeau. Elle se chargerait de la famille, du peu de famille qu'il lui restait.

Antoine ramena Quentin et Emma en début d'après-midi. Après discussions, pleurs et consolations, il en ressortait qu'Emma voulait voir Mamibelle, en revanche Quentin préférait nettement garder des souvenirs de son arrière-grand-mère vivante.

Denis resta donc avec son fils. Eva reprit le chemin de Nantes en compagnie d'Emma.

Lorsqu'elles arrivèrent dans la maison de Mamibelle, plusieurs personnes étaient dans le salon. Eva chercha Monia et sa mère du regard, elles n'étaient pas là. Eva reconnut quelques visages, la plupart étaient âgés. Eva entraîna Emma dans la cuisine. Son amie était là. Elle disposait des petits gâteaux sur un plateau ainsi que des jus de fruits.

Eva salua Monia.

— Bonjour ma belle. Tu vas bien ?

Monia lui adressa un signe positif de la tête.

— Qui sont tous ces gens dans le salon ? continua Eva.

— Des amis, des connaissances, des voisins. Ils ont appris la mauvaise nouvelle par le bouche-à-oreille ou par le prêtre passé tôt ce matin afin de bénir Eglantine.

— Ah ! C'est bien ! En ce qui concerne le prêtre et pour les amis aussi, je veux dire…

— Oui, ne t'inquiète pas, j'ai compris. Bonjour Emma, ça va ? Tu tiens le coup ? Monia sourit à Emma.

— Oui merci Monia.

La jeune fille avait les larmes aux yeux. Ce n'est pas facile à cet âge de retenir autant d'émotion.

Eva ne voyait pas Jacqueline.

— Et Maman, où est-elle ?

— Elle est là-haut avec Eglantine. D'autres gens sont avec elle. Tu as une cousine qui est arrivée. Enfin, une cousine de ton père, si j'ai compris.

— D'accord. Merci. Viens Emma, nous allons à l'étage voir Mamibelle. Tu le veux toujours ? proposa Eva.

L'enfant prit sur elle pour répondre à sa mère. Elle esquissa un léger sourire et lui répondit : « Oui, maman ».

La chambre était dans la pénombre malgré l'heure avancée de la journée. Le soleil arrivait à faire pénétrer quelques petits rayons comme si le ciel voulait participer à la veillée de la défunte.

Jacqueline se leva de façon à venir embrasser sa fille et sa petite-fille. Emma sanglota un peu dans ses bras puis prit la main de sa mère et l'entraîna vers le lit d'Eglantine. Eva passa son bras autour des épaules de sa fille. Elles se recueillirent en silence. Le reste de l'assemblée, vraisemblablement touché par ce spectacle, préféra se retirer pour les laisser dans l'intimité.

— On dirait qu'elle dort, mais ce n'est plus vraiment elle. murmura Emma au bout d'un long moment.

— Oui, elle dort, et elle ne souffrira plus. ajouta automatiquement Eva.

La tristesse et la fatigue tiraient son visage. Elle prit conscience qu'Emma était encore très jeune et qu'il ne fallait pas qu'elle reste trop longtemps dans cette chambre. A coup sûr, la douleur serait trop grande pour passer au-dessus de l'image de la morte.

— Nous allons la laisser en paix, et laisser les autres personnes venir se recueillir. Descendons si tu veux.

Emma ne se fit pas prier. Elle suivit sa mère sans résistance. Le sentiment d'Eva était, sans doute, fondé.

Le reste de la journée s'étira lentement, rythmé par les allées et venues des gens qui venaient rendre un dernier hommage à Eglantine. Eva fut véritablement surprise de la popularité de sa grand-mère.

Le soir, Eva resta à Nantes avec sa mère. Emma rentra chez elle avec Monia. Des tours de « garde » du corps seraient assurés par la famille et des amis. Eva et Jacqueline pourraient rentrer le lendemain et ne revenir à Nantes que le lundi soir.

Le mardi matin, Jacqueline réveilla Eva. La cérémonie était prévue en début d'après-midi, le reste de la famille arriverait dans la matinée. Il fallait prévoir un petit repas et ranger la maison d'Eglantine qui avait été mise à rude épreuve les derniers jours.

Eva eut du mal à sortir du sommeil. Sa mère s'agitait dans tous les sens. Eva lui demanda de se poser un peu. D'arrêter son ménage. Toutefois Jacqueline était trop mal à l'aise pour pouvoir endiguer son énergie. Elle avait tellement peur de la mort, de sa propre mort, qu'il fallait absolument qu'elle remue dans tous les sens. Cesser de bouger, c'était accepter de se poser, et de réfléchir. Elle avait passé les dernières années à fuir la réalité, à éluder cette peur du temps qui passe. Elle avait l'impression que si elle brisait cette ardeur, elle allait s'écrouler et ne pourrait plus se relever.

Elle se demanda comment elle allait pouvoir l'exprimer à sa fille lorsque quelqu'un frappa à la porte. La voisine entra avec des plats recouverts de torchons à carreaux.

— J'ai préparé des collations hier soir et ce matin. J'ai pensé que ça serait plus facile pour vous. Vous pourrez rester avec votre famille et auprès d'Eglantine.

Solange, la voisine avait les yeux rougis. Elle ne devait pas avoir beaucoup dormi.

— Merci ! répondirent en chœur Eva et Jacqueline.

— Vous voulez prendre un café avec nous ? compléta Eva.

— Non merci. C'est gentil. Je préfère monter un peu auprès d'elle. C'est possible ?

— Oui, bien sûr.

Décidément, Eglantine était appréciée de ses voisins. Cette pensée fit du bien au moral d'Eva.

Dans la matinée, la famille commença à arriver. La cousine Annie, présente la veille, fut la première. Elle devança Denis et les enfants de quelques minutes, suivis de près par Antoine et Monia. Puis des cousins éloignés qu'Eva n'avait pas revus depuis plus de quinze ans se présentèrent.

Enfin, l'entreprise de pompes funèbres arriva. Il était l'heure d'adresser un dernier adieu à Mamibelle.

La cérémonie à l'église fut très sobre. Des fleurs naturelles avaient été déposées tout autour de l'autel. La cousine alluma les cierges. Une très belle gerbe de roses et de lys ornait le cercueil. Eva n'écoutait pas le prêtre. C'était au-dessus de ses forces. Elle imaginait Eglantine commenter la cérémonie. Cet anachronisme la faisait sourire. Un peu.

Vers la fin de la cérémonie, la chanson « *Octobre* » choisie par la défunte commença. Des images paisibles se formaient dans l'imaginaire d'Eva. Un couple uni, soudé par les aléas de la vie. La nature qui offrait des couleurs chaudes et apaisantes. Des lumières douces et dorées s'imposaient à son esprit. Elle ferma les yeux, se délectait de l'effet produit. Comme si cette chaleur inondait son propre corps. Tout compte fait, Mamibelle avait eu une bonne idée.

La famille se retrouva ensuite dans le cimetière. Le soleil était radieux. On ne pouvait pas s'imaginer vivre des instants si pénibles en une si belle journée. Et pourtant... Le cercueil était posé à proximité de la fosse. Malgré sa douleur, Eva voulait se concentrer sur ses enfants, sur sa famille, sur sa mère qui continuait de remuer à outrance. Eva était un peu irritée par le comportement de Jacqueline. Elle aurait aimé qu'elle prenne le rôle du pilier de la famille. Au lieu de ça, elle la voyait s'agiter et discuter à qui mieux mieux avec les cousins. Eva le savait, c'était à elle que revenait maintenant la responsabilité du soutien familial ! Les choses étaient ainsi ! Sa mère avait définitivement choisi une vie sans responsabilité.

Denis se tenait près d'Eva. Il était silencieux. Il semblait très affecté par la mort d'Eglantine qu'il avait rapidement considérée comme sa propre grand-mère. Entre eux, le courant était vite passé. Ils s'aimaient sincèrement. Lui aussi perdait un être cher. Il souffrait – peut-être pas autant qu'Eva à qui on venait d'arracher une partie de son enfance, une part importante de son équilibre – cependant la tristesse était présente.

Denis se pencha sur sa femme :

— Tu es toujours certaine de vouloir parler, je peux le faire si tu veux.

Elle déclina cette proposition d'un geste négatif de la tête. Au moment opportun, elle s'approcha et prit place près du cercueil.

Eva prononça quelques mots sur la vie de sa grand-mère, en tant que femme puis mère et enfin grand-mère. Elle termina par un adieu.

— Aujourd'hui est une jolie journée ensoleillée. Tu aimerais la douceur de cet après-midi, Mamibelle. Nous remettons ton âme au vent et ton corps à la terre. J'espère que là où tu es, la lumière est également belle. Adieu, Mamibelle !

Les derniers mots eurent du mal à franchir la gorge serrée d'Eva. Les instants qui suivirent se déroulèrent dans le silence le plus total. Chacun se recueillait en pensant aux instants heureux partagés avec la défunte.

Après la descente du cercueil au fond du caveau, les poignées de terre et les fleurs lancées, la famille et les amis quittèrent le cimetière. Afin de ne pas se quitter trop brusquement, ils se dirigèrent vers le petit café du quartier. Tous s'installèrent autour d'une grande table au fond de la salle. Denis et Antoine prirent les commandes et allèrent jusqu'au comptoir pour aider un peu le service. Le patron du bar avait l'habitude de recevoir les gens qui sortaient du cimetière. Il comprenait parfaitement qu'ils avaient besoin d'être dans l'action. Il accepta donc l'aide sans sourciller. Les convives grignotèrent plus qu'ils ne mangèrent. Eva s'installa près de Monia. Les gens discutaient de la cérémonie, d'Eglantine, et de la famille. Chacun y allait de son souvenir, de son anecdote. Eva arrivait même à rire parfois. Elle se détendait un peu. La journée s'était déroulée comme Mamibelle l'aurait souhaitée. Elle était satisfaite de cet hommage.

Puis vint le moment où tout le monde se dit qu'il était temps de rentrer. Les cousins commencèrent à partir. Le reste de la famille et les amis suivirent de près. Chacun se félicita d'avoir pu se revoir un petit peu. On entendit plusieurs fois qu'il faudrait se retrouver avant le prochain enterrement ! Qu'il ne fallait pas attendre les mauvaises nouvelles pour se réunir. La voisine de Mamibelle était toujours là. Elle se tenait un peu à l'écart et fouillait dans son sac. Eva se demanda ce qu'elle pouvait chercher ! Soudain, elle sortit une enveloppe et fit signe à Eva de venir la rejoindre.

Eva pensa qu'elle voulait lui dire au revoir. Par conséquent, elle s'approcha d'elle.

— Avant de vous laisser, je voulais vous donner cette lettre.

— Une lettre ?

Eva ne comprenait pas pourquoi la voisine lui avait écrit une lettre.

— C'est une lettre de votre grand-mère. Elle m'a chargée de vous la remettre après la cérémonie. Je ne voulais pas le faire devant toute la famille. J'ai donc attendu que tout le monde parte.

— Une lettre de ma grand-mère ?

Eva voulut décacheter l'enveloppe. La voisine lui couvrit la main avec la sienne.

— Non, attendez avant de l'ouvrir. Je ne sais pas ce qu'elle contient, toutefois Eglantine m'a demandé de vous avertir de ne l'ouvrir que lorsque vous seriez prête. Elle a ajouté qu'elle vous aimait, mais qu'il vous faudrait beaucoup de patience pour comprendre tout ce qu'elle avait à vous communiquer ! Je n'en sais pas plus, néanmoins je crois vraiment que vous devriez attendre d'être tranquille chez vous pour ouvrir ce courrier, demain peut-être ou plus tard.

-10-

Je n'en reviens pas. Qu'est-ce que c'est que cette lettre ? Pourquoi Mamibelle a-t-elle donné ce courrier à sa voisine ? Une lettre pour moi ? Que voulait-elle me dire et qu'elle n'a pas pu exprimer de vive voix ? Je reconnais l'écriture de Mamibelle. Il m'a semblé tout à l'heure ressentir quelque chose de dur à l'intérieur. Je ne sais pas si j'arriverai à l'ouvrir aujourd'hui. Non peut-être vaut-il mieux que j'attende jusqu'à demain. Oui, c'est une évidence, la lettre va patienter jusqu'à demain.

…

Je suis très fatiguée. La journée a été éprouvante. Nous sommes rentrés tard tout à l'heure, juste après que ta voisine m'ait remis cette lettre. Nous nous sommes couchés quasiment directement. Denis s'est endormi rapidement. Et moi, je n'arrive pas à dormir. Depuis un moment, je vire à droite et à gauche. Pas moyen de sommeiller un peu. Autant que je me lève. Je vais aller m'installer sur le canapé dans le salon. De la sorte, je ne dérangerai pas Denis. Je l'entends dormir. Sa respiration me fait un drôle d'effet. J'ai l'impression qu'elle va s'arrêter tout doucement, comme la tienne, Mamibelle.

…

Etre allongée m'est insupportable. J'ai l'impression d'être toi, dans ton cercueil.

…

Une bougie et un peu d'encens vont me faire du bien. Et un verre de ce vin que tu aimes,

…

que tu aimais tant Mamibelle.

…

Je crois, au final, que je vais ouvrir ta lettre. Oui, c'est ça, m'installer tranquillement sur le canapé avec un verre de vin. Je suis prête à lire ta missive. Voyons ce que tu as à me dévoiler.

> *Ma chère petite Eva,*
>
> *Si tu lis cette lettre, c'est que j'ai atteint d'autres cieux. Sache que je ne suis pas peinée de mourir. Il faut un temps pour tout. J'ai pleinement vécu les quatre-vingt-onze années qui viennent de s'écouler. Et pour moi, l'heure est venue. J'espère simplement que le passage sera doux et rapide. Je souhaite également que tu sois près de moi lorsque je partirai.*
>
> *J'ai tellement de choses à t'avouer. Mais je ne pourrai pas tout te révéler dans cette lettre. Je ne suis pas femme à trouver les mots. Je ne saurais pas par où commencer. Tu rencontreras des personnes dignes de confiance qui seront capable de t'expliquer. Je ne doute pas que tu sauras surmonter les événements et les sentiments qui vont se*

bousculer en toi dans les jours et les semaines à suivre.

Ne me juge pas.

Sache simplement que je t'aime et que je t'ai toujours aimée.

J'ai eu une vie riche et pleine. De grandes douleurs aussi. De très grandes douleurs. Cependant ma vie a pris un curieux tournant. J'ai aimé profondément. Ton grand-père a été quelqu'un de vraiment formidable avec moi. Il a su tirer le meilleur de moi-même et me rendre heureuse à jamais.

Et toi, ma petite, ma toute petite, tu m'as apporté du bonheur au-delà de ce que je pouvais espérer. Tu es la prunelle de mes yeux. La joie de mes vieux jours. Je te laisse en héritage mon amour, mon histoire et ma maison de Nantes.

Mais ce n'est pas tout.

Ne cherche pas le couvent où je partais en retraite régulièrement. Il n'existe pas. J'imagine le choc que cette révélation peut t'occasionner, je te sais suffisamment forte et ouverte aux autres pour me comprendre.

Tu trouveras une clef dans cette enveloppe. C'est celle qui ouvre la porte d'entrée d'une maison. De l'autre demeure que je te confie en quittant ce monde. Elle se trouve dans un petit village du Gers. J'en garde de très bons souvenirs. J'espère que tu vas aimer cet endroit autant que je l'aime. Tout cette histoire doit te sembler bien étrange, ne t'inquiète pas, tu découvriras tout sur place. Je joins un petit plan à ce courrier afin de te permettre de trouver facilement ton chemin.

Je te laisse maintenant. Je t'embrasse bien fort.

Je t'aime.

       Eglantine.

-11-

Eva ne saisit pas tout de suite ce qu'elle venait de lire. Il fallut qu'elle parcoure à nouveau le courrier avant de comprendre le sens des mots. Elle devait procéder par étape. La douleur de découvrir une lettre de sa grand-mère dont elle venait de mettre le cercueil en terre était vive. Eva but une gorgée de vin. Il fallait qu'elle appréhende ce qu'il s'était passé, ce que sa grand-mère venait de lui annoncer. Tout d'abord, le message de Mamibelle était clair, il ne fallait pas trop être triste pour elle, elle avait vécu une vie riche et pleine auprès des gens qu'elle aimait. Elle lui disait clairement qu'elle l'aimait vraiment. Ça ressemblait bien à Eglantine de s'arranger afin de laisser un message d'amour derrière elle !

Toutefois, la seconde partie de la lettre était plus confuse dans l'esprit d'Eva. Mamibelle lui parlait de ses retraites dans un couvent du sud de la France. Apparemment, le couvent n'existait pas. Mais alors les sœurs, existaient-elles ? Où était-elle allée pendant toutes ces années ? Dans cette maison du Gers ? Et avec qui ? Auprès de qui était-elle restée en automne dernier ? Eva avait cru comprendre qu'il s'agissait de la mort de la mère supérieure, sa grand-mère avait-elle seulement prononcé ces mots ?

Et cette clef jointe à la lettre. Il semblait s'agir de la clef de ce lieu dans le Gers. Une petite étiquette était attachée à la clef avec une adresse et le nom d'un village : Gimbrède. Eva n'avait jamais entendu parler de cet endroit. Tout s'entrechoquait dans sa tête. Elle se laissa aller dans un demi-sommeil entre réalité et abrutissement.

Le lendemain matin, Denis se réveilla seul dans le lit. Il supposa qu'Eva s'était levée tôt. Il descendit rapidement pour voir si sa femme avait besoin de lui. A peine arrivé dans le salon, il comprit que quelque chose n'allait pas. Eva était là, elle avait les yeux rouges, entrouverts, toutefois ne semblait pas réagir à son environnement. Une lettre était posée sur ses genoux.

— Eva ?

Elle ne réagissait pas.

— Eva ma chérie ?

Denis s'approcha d'elle. Elle ne bougeait pas. Elle semblait figée dans un autre monde. Il comprit que la lettre était celle d'Eglantine. Il posa la main sur l'épaule de sa femme. Elle leva ses yeux vers lui, cependant son regard semblait rivé sur d'autres horizons. Il rapprocha une chaise du fauteuil sur lequel était installée Eva et prit la lettre. Son effarement grandit au fur et à mesure de sa lecture. Il dut la parcourir une seconde fois pour saisir tout ce que ces aveux impliquaient. Il comprenait la stupeur de sa femme.

— Eva, tu m'entends ?

— Oui, murmura-t-elle.

— Tu es sous le choc, ma chérie. Je crois que je vais appeler le toubib. Tu ne peux pas rester ainsi.

— Oui, si tu veux.

La voix d'Eva était presque inaudible et semblait surgir d'un autre univers. Denis alla téléphoner au médecin. Il préférait qu'il examine Eva. Il pensait que, sans doute, un peu de tranquillisants l'aiderait à surmonter le choc et à envisager toute cette histoire plus sereinement.

Jacqueline arriva dans le salon. Elle avait dormi chez eux, et elle souhaitait rester quelques jours à Oudon avant de repartir en Ecosse près de John, son amant du moment. Lorsqu'elle vit Eva dans cet état et entendit Denis appeler le médecin, elle voulut prendre sa fille dans ses bras.

Eva se leva d'un coup. L'anéantissement dû au choc laissait place à une crise hystérique. Elle s'enflamma.

— Ne me touche pas ! Non, toi, ne m'approche pas !

— Mais Eva, qu'est-ce que je t'ai fait ?

— Rien justement, tu ne m'as rien dit !

— Mais …

— Quoi « Mais » ? Tu voudrais me faire croire que tu ne savais pas ? Que tu n'étais pas au courant de toute cette histoire ?

Denis s'approcha, il voulut calmer sa femme. Il tenta de lui parler avec douceur.

— Eva, assieds-toi ! calme-toi ! on va parler tranquillement, d'accord.

— Il n'en est pas question ! Ma mère m'a caché la vérité pendant toutes ces années et maintenant tu voudrais que je sois calme !

— Attends ! De quelle vérité me parles-tu, ma fille ? je ne comprends…

— Quelle vérité, tu te fiches de moi ! Cette vérité !

Eva brandit la lettre de sa grand-mère au visage de Jacqueline. Elle était de plus en plus furieuse.

— Cette vérité que vous m'avez cachée. Qui était au courant encore ? Papa ? Il m'aurait menti également ? Papy aussi ?

— Je ne comprends pas ! De quoi me parles-tu ?

— De cette lettre et de cette maison dans je ne sais plus quel village du sud de la France !

Denis voulut prendre les choses en main. Manifestement Jacqueline ne connaissait pas l'existence de cette maison non plus. Il fallait que sa femme se calme. Denis espérait que le médecin arrive rapidement maintenant. Les tranquilisants étaient plus que nécessaires ! La colère d'Eva s'intensifia. Elle continuait d'invectiver sa mère en lui jetant au visage ce qu'elle avait tu depuis longtemps :

— Et où étais-tu pendant toutes ces années ? Toutes ces années où j'ai eu besoin de toi, toujours à courir par monts et par vaux ! A fuir je ne sais quoi ! Ce secret te pesait sans doute, tu ne pouvais pas me regarder dans les yeux, hein ? Allez, regarde-moi dans les yeux et dis-moi que tu ne savais rien, allez !

Jacqueline n'en revenait pas. Elle n'avait jamais vu sa fille dans une telle colère. Elle ne savait pas que sa fille pouvait lui reprocher tous ses voyages ! Elle ferma les yeux un instant, tout ça était tellement douloureux !

— Tu vois, tu n'oses même pas ! Tu te tais ! Vas-y, c'est ça, ferme les yeux ! Fuis encore !

— Non, stop Eva ! Regarde ! je mets mes yeux dans les tiens et je te dis que je ne sais rien de ce que tu me dis ! Je ne comprends absolument pas ce qu'est cette maison dont tu me parles. Calme-toi un peu ! Asseyons-nous et discutons ! Probablement ne suis-je pas une mère ni une grand-mère idéale. Peut-être en effet, je ne suis pas très présente. Toutefois tu ne peux pas m'accuser de ce que je n'ai pas fait ! Je ne t'ai jamais menti ! Ça suffit maintenant !

Mais Eva avait le regard fixe. Elle n'était plus vraiment là. Elle était sous le choc de sa colère.

— Jacqueline, je crois qu'Eva n'est pas en mesure de parler actuellement ! Je vais la raccompagner dans notre chambre et rester avec elle en attendant le médecin qui ne devrait plus tarder ! Pourriez-vous lui demander de monter directement dans la chambre ?

Jacqueline opina et proposa de s'occuper du petit-déjeuner des enfants lorsqu'ils seraient levés.

Le docteur Duchesne arriva, en effet, quelques minutes plus tard. Il constata qu'Eva était en état de sidération psychique. Il proposa de lui injecter des calmants pour laisser son corps et son esprit se reposer. Il prescrivit également des anxiolytiques pour les jours à venir. Si tout allait bien, Eva devrait avoir récupéré ses facultés d'ici la fin de la semaine.

En revenant du bourg où il était allé à la pharmacie et où il avait posté l'arrêt de travail d'Eva, Denis accepta de s'installer un peu devant le café que Jacqueline lui proposait.

— Les enfants dorment toujours. Je pense qu'il faut les laisser se reposer, ils en ont vraiment besoin.

— Vous avez raison. Je vais téléphoner à mes patients pour annuler les rendez-vous de cet après-midi. A quelle heure est votre train ?

— Denis... J'ai réfléchi... Je suis secouée... Si vous le permettez... Je voudrais rester ici cette semaine au moins, le temps qu'Eva se remette un peu. Je pourrais m'occuper un peu de la maison et des enfants. Je ne suis pas une grande cuisinière, pourtant je crois que j'arriverai à me débrouiller. Qu'en pensez-vous ?

Jacqueline semblait fatiguée, néanmoins déterminée à jouer son rôle de mère et de grand-mère. Denis sourit et accepta la proposition. Il se dit que même si Eva n'avait pas eu raison sur toute la ligne, elle avait probablement fait mouche sur certains points. Les larmes au bord des yeux de Jacqueline l'attestaient. Elle avait probablement envie de se réconcilier avec sa fille et de racheter un peu ses manquements. Certaines vérités sont difficiles à entendre. La mort d'Eglantine et la révélation de ce mystérieux secret allaient peut-être susciter comme un électrochoc pour Jacqueline. Elle pourrait accepter dorénavant de se confronter à la réalité et de se lier à son entourage. Voire de risquer la perte des êtres chers.

- 12 -

Les jours qui suivirent, Jacqueline prit le temps de s'occuper de sa fille, de discuter calmement avec elle. Peu à peu, Eva l'admit, sa mère n'était ni au courant ni responsable de cette affaire de maison dans le Gers. Elle avait un peu honte de son comportement du mercredi. Une colère aussi forte ne lui ressemblait pas. Le médecin l'avait expliquée par l'accumulation des évènements : la perte d'un être cher, le fait d'assister à sa mort et la révélation d'un secret de famille dont une bonne partie restait encore mystérieuse. Eva avait tout de même énormément de mal à intégrer l'invraisemblable. Elle dormait beaucoup. Dans son sommeil, son corps se reposait et son cerveau évacuait le trop-plein. Des rêves singuliers ébranlaient ses nuits. Sa grand-mère et elle arrivaient devant une demeure qu'Eva ne connaissait pas. L'endroit était joli, agréablement fleuri et calme. La bâtisse devenait de plus en plus grande et dévorait Eglantine. Une autre fois, une clef géante qui respirait lentement et de façon bruyante remplaçait Eglantine sur son lit de mort... Les moments de réveil étaient également agités. Elle eut plusieurs phases de déni : « cette histoire n'est pas la mienne, il doit y avoir une erreur. Cette lettre, cette clef ne m'étaient pas destinées ». Pourtant, la réalité la rattrapait toujours. La lettre était bien écrite par Eglantine. Eglantine, sa grand-mère, sa Mamibelle. Et c'était à elle qu'elle s'adressait. Entre ses cauchemars et ses phases d'éveil difficiles, elle prit le temps de l'introspection, afin d'analyser ses émotions et apaiser sa colère. Denis et les enfants entourèrent également Eva avec amour et patience.

Eva remonta assez rapidement la pente. Elle surprit tout le monde lorsqu'elle descendit déjeuner en famille au bout de deux jours. Elle avait une volonté de fer malgré le choc, la douleur et les médicaments. Elle ne voulait pas se laisser aller. Réfléchir posément, certes, sans en subir les conséquences physiquement. Denis s'inquiétait. Il avait peur d'une rechute. Néanmoins, Eva le rassura. Elle allait mieux et elle faisait attention à ne pas dépasser ses limites.

Doucement, une idée émergea et s'imposa : il fallait savoir, elle devait aller voir sur place pour se rendre compte, pour comprendre. Une petite étiquette avec une adresse et un nom de village était attachée avec une ficelle sur la clef que Mamibelle avait léguée à sa petite-fille. Denis allait jeter un œil sur google map. Le village, Gimbrède, était un tout petit village dans le haut du Gers, près de la frontière avec le Lot-et-Garonne. Il fit rapidement une recherche d'informations. Eva était près de lui lorsqu'il fit cette enquête. Ce nom faisait écho pourtant à quelque chose, seulement elle n'arrivait pas à savoir quoi... Soudain, une lumière se fit dans sa tête.

— Gimbrède est dans le pays du brulhois !

— Tu veux parler du vin ?

— Oui ! Celui que Mamibelle aimait tant !

— Google est mon ami et google confirme !

— Alors, elle nous a donné un bel indice depuis longtemps déjà ! déclara Eva.

Son visage s'éclaira. Cette indication lui fit un bien fou. Elle eut l'impression que Mamibelle avait voulu parler plus d'une fois et qu'elle n'avait pas pu.

— Il est évident qu'il faut que tu ailles sur place, annonça un jour Denis. Les enfants seront en vacances la semaine prochaine et ils partent chacun de leur côté. Quentin va en Bretagne avec Florian et ses parents et Emma part chez Monia et Antoine. Tu es toi aussi en vacances après tout. Si tu veux, je ferme mon cabinet et je viens avec toi.

— Tu as raison, il faut que j'y aille. Je te remercie de ta proposition. Mais je vais y aller seule. J'ai besoin de me confronter à cette histoire, de me retrouver en tête à tête avec Eglantine et ses secrets.

— Tu es certaine d'être suffisamment forte pour y aller seule ?

— Oui, ça va aller, le rassura-t-elle.

— D'accord. Tu as raison, il faut y aller. Tu prendras le temps qu'il te faudra et si tu as besoin de moi, je viendrai te rejoindre.

La décision fut donc prise. Eva irait dans le Gers, et ce, dès la semaine suivante puisque à présent, elle commençait à se sentir à nouveau maîtresse d'elle et de ses mouvements. Jacqueline l'aida à boucler ses valises. Eva ne savait pas combien de temps elle allait y rester. Elle décida d'emporter une grande partie de sa garde-robe. Emma glissa un dessin sous une pile de vêtements en se disant que sa mère serait contente de le découvrir. C'était sa façon de la soutenir dans l'épreuve. Quentin se sentait un peu dépassé par ces préparatifs. Il ne savait pas comment aider Eva. Il s'en ouvrit à son père qui lui assura que la meilleure façon de l'aider était simplement de lui témoigner son amour. Peut-être juste en lui disant qu'il l'aimait. Ce que Quentin fit.

Le mardi suivant, une semaine après la cérémonie d'adieu à Eglantine, le départ d'Eva était imminent, le trajet planifié, les bagages prêts. Le mystère allait pouvoir être levé. Eva se dirigea vers sa voiture.

— Tu es sûre que ça va aller, ma chérie ?

— Oui, oui, Denis, ne t'inquiète pas. Je vais bien maintenant. Je ferai plusieurs haltes sur le chemin afin de ne pas fatiguer trop. Je vais prendre soin de moi. Tu me connais. Mais là, il faut que j'y aille. Que je sache. Je t'appelle dès que je suis arrivée.

-13-

Je pars vers le Gers. Je ne comprends rien à cette histoire de maison. Que vais-je découvrir là-bas ? Qui vais-je trouver ?

Eglantine et Pierre m'ont toujours affirmé que ma grand-mère se consacrait à des retraites dans un couvent et maintenant j'apprends que c'est faux. Et elle me demande de l'absoudre. Je voudrais bien savoir ce que je dois lui pardonner ! Son mensonge ? Pierre savait-il la vérité ? Que nous ont-ils caché ?

Pourquoi cette mystification ? Que se dissimule-t-il dans ce lieu qu'elle n'ait pu me révéler de son vivant ? Quelles sont les personnes qui doivent me faire des révélations là-bas ?

J'ai beau chercher, je ne trouve aucune réponse pour l'instant. Le moment n'est probablement pas venu. Il faut que j'accepte l'idée que je ne connais absolument rien de mes grands-parents, rien de ma grand-mère. Diable, que c'est difficile ! Un peu de courage ! Je vais tenir le choc, je ne veux pas retomber dans ma léthargie. Il faut que j'affronte ces émotions.

Dieu que c'est difficile !

Difficile, ce n'est pas vraiment le mot. Incroyablement compliqué, extraordinairement embrouillé.

Et Maman qui affirme qu'elle ne savait rien de toute cette affaire. Je la crois. Je ne l'avais jamais vue pleurer comme elle l'a fait. Elle semble avoir du mal à comprendre cette affaire et à encaisser cette duperie. De deux choses l'une : soit Paul, son mari lui a caché quelque chose toute sa vie durant, soit Eglantine a tu à son fils un élément très important. Les deux versions lui paraissent inconcevables. Je lui ai suggéré qu'une autre vérité était envisageable. Je crois que cette déclaration lui a fait un électrochoc. Il est possible qu'elle fasse du tri dans sa vie maintenant. Elle va sans doute aller plus à l'essentiel. Rattraper un peu du temps perdu auprès de ses petits-enfants et finalement peut-être, auprès de moi. Sa peur de mourir régit toute sa vie. C'est presque un handicap à ce stade-là !

La vie est très courte. Même à quatre-vingt-onze ans, je crois que Mamibelle s'est retournée sur son histoire en se disant « déjà ? ». Ça peut paraître un vieux cliché que l'on se rabâche après chaque décès, néanmoins je suis persuadée qu'il faut profiter des bons moments de notre existence tant que nous le pouvons.

Mais tout de même, un mensonge tellement gros ! Un couvent qui se transforme en propriété dans le Gers ! Eglantine, qu'as-tu fait ?

Bien sûr, Mamibelle, je vais tout faire pour comprendre et surtout te pardonner. L'amour des siens est aussi dans le respect de l'autre et la faculté de tolérer les écarts. Dès que j'aurai compris ce qu'il faut que je te pardonne, bien sûr...

Tu le sais Mamibelle, nous avons toujours été proches, et maintenant que tu es morte près de moi, dans mes bras, pour ainsi dire, je me sens liée à toi de façon plus intense. Nous sommes unies par un lien indéfectible, un amour aussi solide que celui que j'ai noué avec mes enfants lorsque je les ai mis au monde. Je ne savais pas que cette relation pouvait exister dans la mort. Il s'est passé quelque chose d'extrêmement fort entre nous deux au moment de ton trépas.

La douleur que tu ne sois plus près de moi, près de nous, est bien sûr très présente. L'incompréhension de toute cette histoire me rend perplexe. Mais en plus d'être heureuse d'avoir été là pour toi, j'ai le sentiment d'avoir accompli une chose indispensable à mon épanouissement, à mon avenir, et probablement à mon salut.

Je ne me savais pas capable de prononcer ces mots, d'effectuer tous ces gestes. Il a fallu que je le fasse pour toi. Tu as une nouvelle fois réussi à me montrer le chemin de l'amour. Et maintenant, avec cette intrigue, je dois en apprendre encore.

Comment tolérer que nous soyons à mille lieues de la vérité ? Quelle réalité ? La mienne ? La tienne ? La vôtre ? Et peut-être bientôt la nôtre.

Oui, nous avons continuellement été très proches. Néanmoins, le sommes-nous toujours vraiment maintenant ? Le serai-je autant lorsque je découvrirai ton secret ?

Connaissons-nous vraiment la vie des gens qui nous entourent ? Quelles sont leurs intrigues ? Dans quels jardins s'échappent-ils loin de nous, si loin de notre compréhension ?

J'aimerais tant croire que je connais bien mes proches, cependant je viens de me prendre un tel choc que je risque de douter de tout.

Ceci dit, avant de connaître nos proches, ne devons-nous pas apprendre à nous connaître nous-mêmes ? N'est-ce pas là la véritable clef de l'énigme ?

Mamibelle ! Incroyable ! Une femme loin de tout soupçon !

Gers ! Me voilà ! Livre-moi toutes les mémoires d'Eglantine !

-14-

Le plan laissé par Eglantine semblait assez explicite. Eva suivit autant que possible les explications de la défunte. A deux reprises, elle avait hésité sur la route à prendre. L'itinéraire l'amena jusqu'à un petit chemin de terre recouvert de graviers. Aux alentours, des vignes offraient leurs grappes de raisin aux derniers rayons de soleil de la journée. Eva engagea la voiture. Après quelques dizaines de mètres, les champs laissaient place à un petit bois de part et d'autre de la piste. Eva commençait à se demander si elle ne s'était pas trompée de chemin. Néanmoins après un virage, une vaste cour remplaçait le sentier. Eva gara sa voiture et se dirigea vers la boîte aux lettres. Un nom était écrit dessus « Carentec ». Un nom, et deux prénoms. Deux prénoms qui apparaissent tellement étranges l'un à côté de l'autre. Un prénom connu d'Eva : Eglantine. L'autre prénom, en revanche, n'était pas celui de son grand-père. Là où elle aurait pu lire le prénom Pierre, elle lut « Edmond ». Elle avait beau chercher dans sa mémoire, tourner tout aussi rapidement que possible, ce nom sur la boîte aux lettres ne lui disait vraiment rien.

Il n'y avait pas de courrier à l'intérieur. Quelqu'un devait le relever. Peut-être s'était-elle trompée de maison, quelqu'un devait vivre ici. Le simple fait d'avoir le prénom Eglantine sur la boîte aux lettres ne prouvait pas qu'il s'agisse de sa grand-mère. D'autant que le nom d'Edmond Carentec ne faisait appel à rien dans son esprit. Au final, elle avait dû s'égarer en chemin. Elle décida d'avancer vers l'habitation, elle y demanderait sa route.

La demeure était ancienne. Le corps principal était assez imposant. Le crépi avait vieilli avec le reste des murs. Elle avait dû être une ferme, dans un passé lointain probablement. Quatre fenêtres en bois encadraient la porte d'entrée. La peinture des volets était délavée. Sur la droite de la porte, contre le mur, une échelle en bois semblait avoir été oubliée par ses propriétaires. Des barreaux manquaient. Un lierre entourait les premiers échelons. Elle ne menait nulle part. Les fenêtres du grenier à l'étage étaient trop éloignées pour être la destination finale d'une personne qui se risquerait à monter. Eva imagina que les habitants de cet endroit avaient voulu symboliser l'amour éternel, un peu comme si Roméo attendait de voir sa Juliette à un hypothétique balcon. La vérité était probablement plus ordinaire. Cette échelle avait tout simplement été oubliée ici et personne ne s'en souciait plus. Mais le tableau général de cette bâtisse entourée de fleurs des champs et d'herbes folles dévoilait à Eva une scène bucolique et romantique.

Elle soupira. Elle n'était pas ici en vue de rencontrer Roméo et Juliette, il fallait qu'elle trouve la demeure de sa grand-mère. Ce lieu si étrange. Elle se demanda si la maison qu'elle avait en face d'elle était véritablement habitée ou si c'était une maison de vacances. Elle décida de tenter sa chance. Elle s'approcha de la porte et frappa. Personne ne répondit. Elle recommença. N'obtenant toujours pas de réponse, elle essaya de regarder à travers l'une des fenêtres. Les rideaux l'empêchaient de distinguer l'intérieur. Tant pis, elle irait demander son chemin ailleurs. Elle allait retourner vers le bourg. Elle avait vu une villa pas très loin en arrivant, avant le sentier.

Elle demanderait son itinéraire aux habitants. Elle aurait peut-être plus de chance là-bas.

Elle était sur le point de repartir. Toutefois, ce prénom sur la boîte aux lettres l'intriguait vraiment. Une idée folle traversa son esprit. Elle regagna la porte d'entrée et tenta de mettre sa clef dans la serrure. Elle semblait correspondre. Elle tourna la clef. Le verrou céda sans problème. La porte grinça en s'ouvrant. Machinalement, sans vraiment réfléchir, Eva entra.

Une vaste pièce s'offrait à son regard. La salle était meublée simplement. D'un côté, un canapé faisait face à deux fauteuils. Au centre, trônait une petite table ronde. Un meuble bas assez large venait compléter le tableau. L'autre côté, quant à lui, accueillait une belle table rectangulaire, six lourdes chaises et un buffet deux-corps. La décoration était sommaire. Eva eut une drôle de sensation. Elle ne connaissait pas la pièce, mais eut l'impression du contraire. Elle en fit le tour, se sentit mal à l'aise. Elle s'attendait à être invectivée à tout moment par le propriétaire des lieux. Seulement la curiosité l'empêchait de faire demi-tour. Sur les meubles, elle regarda les objets recouverts de poussière comme autant de clins d'œil surgis du passé. Quelques-uns attirèrent son regard : de vieux pots en terre, un petit moulin, un petit chat en céramique. Elle s'apprêtait à souffler sur une petite poupée danseuse de flamenco, lorsque ces yeux se portèrent sur les cadres qui ornaient les murs. Elle fut stupéfaite de constater qu'il s'agissait de photos d'Eva, des enfants. Ses yeux ne comprirent pas tout de suite ce qu'ils voyaient, mais la poitrine d'Eva reçut subitement comme un coup de poignard. Elle examina un cadre nettement plus grand que les autres. Il contenait une très belle photo d'Eglantine plus jeune avec un homme qu'Eva ne connaissait pas. Etait-ce Edmond ? Eva comprit les liens d'amour qui unissaient sa grand-mère à cet individu tant elle percevait le soleil au fond de leurs yeux. La douleur serra un peu plus son cœur.

Elle dut s'asseoir un moment. Elle avait besoin de temps. Comme on reprend son souffle après avoir couru.

Elle détourna les yeux de ces cadres. Elle eut la désagréable impression de réaliser une coupable incursion dans une histoire qui ne la regardait pas. Il lui fallait pourtant aller jusqu'au bout.

Son regard fit le tour de la pièce. Face à elle : trois portes. Toutes closes. Deux sur le mur du fond et l'autre à sa droite. Elle se releva et alla ouvrir la porte la plus à gauche. Elle sourit.

— Me voilà devant une impasse !

En effet, un placard à balais se présentait à elle.

— Au moins, si je m'ennuie, je pourrai toujours faire le ménage ! s'amusa-t-elle.

La seconde porte s'ouvrait sur un couloir qui desservait l'arrière de la maison. Devant elle, à nouveau trois portes fermées. Elle poussa le pêne de la première. Eva découvrit une chambre. La pièce était spacieuse et meublée d'un grand lit, d'une armoire et d'une commode. De chaque côté du lit se dressaient deux petites tables de nuit. Sur le lit s'étalait un édredon dodu recouvert par un couvre-lit en boutis fleuri. Le décor avait beau être suranné, il donnait une impression de confort. Au mur, quelques photos d'Eglantine et du même homme prises à différentes époques étaient punaisées.

La porte en face donnait sur une seconde chambre. Bien que la surface fût identique, elle semblait plus petite. Elle comptait également un grand lit, une armoire, des tables de nuit, mais aussi des étagères pleines de livres ainsi qu'un bureau. Comme dans la première chambre, l'impression de confort se dégageait.

— Eh bien, je viens de trouver ma chambre ! pensa Eva.

Entre les deux chambres se dressait une salle de bain. Machinalement, Eva ouvrit le robinet. De l'eau en jaillit.

— Ouf ! Voilà un souci en moins !

Une idée traversa son esprit, elle tourna le commutateur. L'ampoule au plafond s'illumina.

— Bon ! En voilà un second ! Très bien !

Eva retourna dans les chambres de manière à ouvrir les fenêtres et les volets. Elle avait besoin de faire entrer l'air et la lumière dorée de l'extérieur, comme pour chasser les questions qui risquaient de la submerger.

Elle revint dans le salon et s'installa sur une chaise. Elle prit conscience qu'elle était bien dans la maison de Mamibelle. Dans la sienne maintenant !

Au bout d'un laps de temps, ses yeux se posèrent sur le téléphone. C'était un vieux téléphone gris à cadran, similaire à celui du logement nantais de sa grand-mère. Elle décrocha, la tonalité se fit entendre.

— Parfait !

Eva composa le numéro de façon à joindre Denis.

— J'ai trouvé la maison. C'est incroyable ! Je suis un peu bouleversée, mais ne t'inquiète pas, je vais bien.

Elle lui raconta ce qu'elle avait vu, les cadres, les émotions qui l'avaient traversée. Par les fenêtres des chambres, elle avait vu le jardin. Sa fatigue l'emportait sur son envie de découvrir les lieux. Elle lui dit qu'elle allait se coucher tôt et qu'elle ferait le tour du propriétaire le lendemain. Denis lui fit promettre qu'elle allait prendre soin d'elle. Il lui demanda de le rappeler le lendemain soir. Elle le lui assura avant de raccrocher.

Le silence emplit à nouveau la pièce. L'horloge était muette. Depuis combien de temps était-elle arrêtée ? Quels secrets les murs semblaient-ils lui murmurer ?

Une branche grattait légèrement sur l'un des volets du salon. Le vent se levait un peu. Eva se fit la réflexion que si elle avait été enfant, elle aurait eu peur. En effet, ce bruit lui faisait penser à un fantôme. Un spectre qui lui dirait gentiment « Tout va bien, je suis là, près de toi ».

Une mélancolie s'empara d'Eva. Elle aurait voulu que sa grand-mère soit là, qu'elle lui raconte son aventure, sa « seconde » vie. Elle aurait aimé partager des moments, des petits riens avec elle. Ici, dans cet endroit. Cette envie ne pourrait pas se réaliser. Eva allait devoir reconstituer la vérité, si possible dans tous ses détails. Elle prit de longues inspirations. « Il faut que je me calme. Il ne faut pas que je me retrouve dans le même état que l'autre jour après la lecture de la lettre. OK, tu es bouleversée, ma grande. Hauts les cœurs ! Demain est un autre jour ». Elle se leva et dit à voix haute :

— Du courage, bon sang, du courage !

Elle se demanda si sa grand-mère avait laissé d'autres indices. Dans la lettre, elle parlait de gens qui lui raconteraient son histoire. Qui étaient-ils ? Comment allait-elle les trouver ? Le lendemain, elle prendrait possession de la propriété. Elle regarderait dans les meubles, dans les tiroirs pour découvrir les premières pièces du puzzle. Elle ferait le tour du terrain également. Elle apprendrait à connaître ce logis, les paysages, les alentours, les habitants, en un mot : le pays. En attendant, elle était fatiguée et décida d'aller se coucher.

Ne sachant pas ce qu'elle allait trouver sur place, Eva avait apporté des draps. Elle s'installa dans la chambre d'amis et fit son lit. Avant de fermer les volets, elle contempla le fin croissant de lune qui diffusait une pâle lumière. Depuis enfant, elle avait cette impression que la lune pouvait supprimer les distances entre les êtres qui s'aimaient. Peut-être que le passé et la mort pouvaient être gommés de la même façon par un clair de lune ? Elle se demandait si sa grand-mère avait, elle aussi, passé du temps à observer l'astre nocturne et si elle l'avait fait accompagnée par d'autres personnes.

— Je vais finir par devenir folle avec toutes ces questions qui tournent dans ma tête !

Enfin, elle se coucha et ferma les yeux. Doucement, elle se laissa glisser dans le sommeil.

— Advienne que pourra ! se dit-elle avant de s'endormir.

Le lendemain il ferait beau. Il le fallait, elle en avait décidé ainsi.

-15-

Je me demande vraiment si c'est vrai. La boulangère m'a dit qu'elle avait vu de la lumière dans la maison d'Edmond et d'Eglantine l'autre soir.

Eglantine serait-elle revenue ? Son retour signifierait qu'elle a remonté la pente. Ou alors… Non ! Je n'ose pas penser au pire.

Pourtant, elle m'aurait probablement téléphoné si elle était rentrée.

La boulangère aurait peut-être pu venir m'avertir tout de suite.

Il ne faut pas que je reporte mes craintes sur elle. J'ai tellement peur d'apprendre une mauvaise nouvelle.

Eglantine était faible lorsqu'elle est repartie sur Nantes au mois de novembre, je m'attends au pire.

La mort d'Edmond a été terrible pour elle, elle n'est pas revenue depuis.

Elle me l'avait dit. Je vais probablement tomber sur sa famille lorsque je vais aller voir là-bas.

J'ai une drôle de mission tout de même : expliquer à sa petite-fille toute l'histoire de sa grand-mère. Il va falloir que j'y aille en douceur. J'espère qu'elle a assez d'amour en elle pour comprendre et accepter le passé de sa grand-mère.

J'ai l'impression que c'était hier lorsqu'elle m'a appelé :

— Marc, mon petit Marc, tu te souviens lorsque je t'ai raconté mon histoire ?

Bien sûr que je m'en souvenais. C'était l'été dernier et toute sa vie y était passée ! Elle a ajouté :

— Je t'en fais le dépositaire, il faudra que tu la livres à ma petite-fille lorsqu'elle viendra ici...

C'est une aventure singulière tout de même. J'ai beau avoir l'esprit très large, je ne sais pas comment je réagirais si j'étais à sa place.

Comment s'appelle-t-elle déjà ? Eve... Non. Eva. Oui, c'est ça, Eva. C'est un joli prénom.

-16-

Eva était dans la cuisine. Elle avait passé les deux dernières journées à fureter dans la maison et dans le jardin. Elle n'était sortie que pour acheter quelques courses, en vue de tenir la semaine.

Elle avait tenté de se renseigner dans le bourg pour en savoir plus sur Edmond. Mais la mairie était fermée. Elle avait alors fait le tour du village et arpenté les quelques rues en espérant trouver âme qui vive. Les seuls êtres vivants qui avaient croisé son chemin étaient des chats. Néanmoins, Eva se sentait bien dans ces allées bordées de demeures anciennes aux pierres et crépis clairs. L'une d'elles arborait encore le nom de « boulangerie » mais vraisemblablement, elle n'avait vu ni baguette ni client depuis longtemps. La camionnette du livreur de pain qu'Eva avait croisée en venant devait provenir du village voisin. Malgré l'absence de boutiques, elle pensa qu'il devait être plaisant de vivre dans ce lieu qui dégageait une atmosphère paisible et agréable. L'église lui avait offert une halte fraîche. Eva n'était pas pieuse mais elle aimait pénétrer dans ces lieux de culte pour la sérénité qu'il s'en dégageait. Puis, elle était restée un bon moment à rêver sur la place principale ceinturée par des maisons à colombages datant du moyen-âge. Sous l'arcade de l'une d'elle, elle avait trouvé une vieille chaise en bois abandonnée, laissée seule comme une invitation à contempler le passé des habitants de Gimbrède. Peut-être que Mamibelle s'y était arrêtée et avait discuté avec des relations. Mais pour l'heure, il n'y avait personne dans ce village.

De retour à la maison, elle avait découvert, au fond du jardin, un vieux pigeonnier recouvert de lierre. A l'intérieur, il n'y avait que d'anciennes poteries ébréchées. Dans une grange en bois, attenante au bâtiment principal, un tracteur rouillé était recouvert d'une bâche. Des bidons anciens, en fer ou en plastique traînaient çà et là. Elle supposait qu'il s'agissait de réservoir de gasoil ou d'huile pour le moteur. Elle y avait trouvé, également, une vieille malle en fer, toutefois l'intérieur s'était révélé décevant : de vieux vêtements et deux factures concernant des réparations datant des années soixante-dix au nom d'Edmond Carentec. Ses recherches dans la propriété n'avaient pas vraiment abouti, elle n'avait pas découvert beaucoup d'explications à tout ce mystère. Elle ne savait pas vraiment comment prendre les choses, par quel fil elle parviendrait à dérouler la pelote. Dans le meuble de la salle à manger, elle avait déniché des photos de gens qu'elle ne connaissait pas. Certaines comportaient des dates et des noms au dos, plusieurs avec Eglantine, d'autres avec l'homme qui était sur la grande photo du salon. Les écrits confirmaient qu'il s'agissait bien du fameux Edmond. Elle avait également découvert de vieilles factures de meubles, des petits mots glissés dans des livres, et même un vieux tract antifasciste qui datait de la guerre d'Espagne. Mais rien de plus probant. Aucun papier administratif, aucune facture récente, ou du moins, rien de significatif. Comme si quelqu'un avait tout emporté – sans doute dans l'intention de régler la succession – il faudrait d'ailleurs qu'elle trouve le notaire du secteur pour la finaliser – et que cette personne venait régulièrement emporter le courrier et régler les factures. Dans le petit tiroir de la table de nuit, près d'un chapelet qui ressemblait à celui qu'elle avait déposé dans les mains de sa grand-mère au moment de sa mort, elle avait trouvé un petit billet signé de la main d'Eglantine. Il datait de novembre dernier. Juste quelques mots. « Ma tendre Eva. Marc te dira tout. Eglantine ». Mais qui était ce Marc ? Elle ne le savait pas, elle l'attendait un peu comme on attend un messie. Elle avait espéré trouver un indice dans la maison ou qu'il vienne de lui-même la voir. Cependant personne n'était venu. Ce qui était assez logique puisque personne ne la connaissait et que personne ne savait qu'elle était ici. Elle se dit qu'elle retournerait tenter sa chance dans le bourg dès que possible. Elle irait le surlendemain, il lui semblait que la mairie était ouverte le lundi. Après tout, le village était tout petit, peut-être qu'elle arriverait tout de même à croiser quelqu'un qui connaissait ce Marc et en savait plus sur cet endroit et ses habitants.

Elle était un peu fatiguée de cette énigme. Son état émotionnel jouait les montagnes russes. Outre les phases de tristesse où les larmes inondaient son visage, Eva oscillait parfois dans l'acceptation, parfois dans la colère, parfois dans le rejet. Mais elle pressentait que l'intrigue allait la mener bien plus loin qu'elle ne l'avait imaginé dès le départ. Elle avait compris qu'il lui fallait prendre son temps, accepter ces moments seule avec elle-même, dans cette maison, familière à sa grand-mère.

Vers la fin de l'après-midi, Eva n'allait pas très bien. La demeure lui pesait. Elle avait besoin de remplir le silence. Comme si ce silence matérialisait le vide laissé par Mamibelle. Comme si ce silence lui soufflait des mots, des mots qu'elle ne voulait pas entendre. Du moins, pas maintenant. Il fallait absolument qu'elle évacue toute cette tension.

Devant elle, sur la table de la cuisine, elle avait étalé tout ce qu'il fallait pour fabriquer du pain. Elle avait écouté les directives de Denis. Il lui avait glissé quelques CD dans sa valise « Lorsque tu auras un petit coup de blues, mets un titre entraînant et laisse-toi aller. Tout ira mieux après ça ! » Il la connaissait bien, en effet, lorsqu'elle avait besoin de se ressourcer, elle mettait une musique qui déménage, poussait le volume très fort, et se laissait totalement aller sur le rythme. Elle ne pouvait pas s'empêcher de bouger, de danser, de chanter, de crier. Et toute cette énergie avait, sur elle, comme un effet libérateur. La musique accomplirait sa mission salutaire. La musique et le pétrissage de la pâte. Elle n'avait pas de glaise sous la main. Elle avait donc choisi de faire du pain. Le pain représentait l'aliment de base. Il avait traversé les siècles et les peuples. Il avait permis à un nombre incalculable de personnes de survivre dans bien des situations difficiles. Il était le symbole de la vie. Lorsqu'Eva pétrissait la pâte, elle sentait tout ça en elle !

Elle inséra un CD dans le poste de la cuisine. Elle souffla un grand coup et glissa ses mains dans la farine. Elle laissa le disque démarrer en douceur afin de se mettre un peu dans l'ambiance. Elle mélangea donc la farine, le sel et la levure. Elle rajouta peu à peu de l'eau tiède. Elle pétrit un long moment la pâte blanche. Elle rajoutait de la farine à l'instant où la chanson qu'elle préférait dans ce disque commença. Eva se mit à chanter. Tout bas d'abord, puis de plus en plus fort, jusqu'à être totalement imprégnée des notes. Jusqu'à ne faire plus qu'une avec la musique. Elle se mit à danser, à tourner sur elle-même. Ses mains continuaient à pétrir le pain. Eva lançait la pâte à la manière des pizzaiolos. A cet instant précis, elle avait totalement oublié où elle se trouvait et ce qui l'avait amenée ici.

Lorsque Marc arriva devant la maison d'Edmond et d'Eglantine, il comprit tout de suite que la vieille dame n'était pas là. La musique emplissait l'espace. Il voulut frapper à la porte, mais il ne le fit pas. Il se dit que ce geste ne servirait à rien. Personne ne pouvait entendre avec un tel vacarme ! Il entra. Il ne vit personne dans le salon, il se dirigea vers la cuisine et s'arrêta sur le pas de la porte. Ce qu'il vit l'étonna un peu. Une femme virevoltait, dansait et jouait avec une boule de pâte, elle chantait à tue-tête, des mèches de ses cheveux bruns sortaient de manières anarchiques de sa queue de cheval. Ses joues, ses vêtements, la table et le sol étaient maculés de farine blanche. Lorsqu'elle s'arrêta net en le voyant, il reconnut la femme qui était dans le cadre du salon. Elle se mit à rire. Il lui sourit.

— Que faites-vous là ? cria Eva

La musique continuait sa folle course. Eva appuya sur le « stop » du poste.

— Qui êtes-vous et que faites-vous là ?

— Je suis Marc Laffarque. J'habite un peu plus haut. Je pense que vous êtes Eva. Sans doute que votre grand-mère vous a parlé un peu de moi. Elle m'a chargé de vous parler de son passé.

Eva dévisagea Marc. C'était donc lui le messager !

— Ah ! Vous voilà ! s'exclama Eva en s'asseyant sur l'une des petites chaises de la cuisine.

Marc était un homme de grande taille et il était relativement mince. Son allure donnait une impression de force physique. Il devait approcher de la cinquantaine. Ses cheveux légèrement bouclés étaient encore très bruns même s'ils laissaient apparaître quelques mèches blanches. Ses yeux noisette étaient valorisés par le hâle de sa peau. Les rides d'expression qui les entouraient lui donnaient un aspect rieur et bon vivant. Eva le trouva séduisant.

C'est alors qu'elle prit conscience de sa propre allure.

— Installez-vous dans le salon, j'arrive.

Elle se précipita dans la salle de bain, se nettoya un peu et se recoiffa. Ensuite, elle passa dans la chambre pour changer de T-shirt. Elle était nerveuse. Cet homme qui attendait dans la pièce d'à côté détenait la clef de l'énigme d'Eglantine. Elle prit une grande respiration et le rejoignit dans la pièce.

— Voulez-vous un thé ? Ou préférez-vous une bière par cette chaleur ? J'ai vu qu'il y en a au frais.

Marc opta pour la fraîcheur de la bière. Eva en décapsula deux bouteilles qu'elle déposa avec deux grands verres sur la petite table ronde devant le canapé.

Eva s'excusa de l'accueil qu'elle lui avait fait. Elle expliqua qu'Eglantine lui avait laissé un mot lui demandant d'attendre sa venue et que ne le voyant pas arriver, elle pensait aller se renseigner dans le village.

Ils burent quelques gorgées sans parler. Marc rompit le silence en premier.

— A-t-elle souffert ?

Eva ne s'attendait pas à cette question, elle fut un peu déstabilisée. Elle parla d'une voix calme et atone comme pour se préserver des émotions inhérentes à ce genre de réponse.

— Non, elle s'est éteinte doucement auprès des siens. Enfin, je veux dire que j'étais auprès d'elle. Parce que si je comprends bien, vous étiez assez proche d'elle aussi.

— Oui, je la connaissais depuis tout petit. Je suis né ici, là où j'habite actuellement. Mes grands-parents habitaient cette maison, ce sont eux qui l'ont vendue à Edmond. Et à vrai dire, Eglantine était ma marraine.

Eva passa la main dans ses cheveux, puis sur son visage. Elle ne se sentait pas très bien en réalité. Avoir un inconnu devant elle qui connaissait si bien sa grand-mère était une épreuve qu'elle avait un peu sous-estimée. Elle but une nouvelle gorgée de bière.

— Et c'est vous qu'elle a désigné afin de m'expliquer son histoire.

— Oui. Elle m'a appelé au mois de décembre, après la mort d'Edmond pour…

— Excusez-moi, je ne comprends pas tout. Si vous commenciez par le début ! Qui est exactement Edmond ?

— J'y arrivais justement. Je sais que ça doit vous sembler curieux, pourtant je vais vous raconter toute l'aventure d'Edmond et d'Eglantine. Je vous propose au départ un très court raccourci puis nous entrerons dans les détails au fil des jours. Je ne pense pas que j'arriverais à tout vous exposer en une heure.

Eva acquiesça. De toute manière, elle ne serait pas en mesure de recevoir tout sur une seule journée. Il faudra du temps pour assimiler cette histoire.

— Tout d'abord, Eglantine m'a demandé de vous livrer un premier message. Elle m'a fait venir pour me raconter sa vie. Elle souhaitait que je vous la transmette. Elle savait que vous viendriez ici. Pour elle, votre venue ne faisait pas l'ombre d'un doute. Et *a posteriori*, elle avait raison !

Eva et Marc échangèrent un sourire.

— Elle n'avait plus la force pour tout vous expliquer. C'était trop douloureux. Les non-dits étaient trop forts. Je sais qu'elle vous affirmait qu'elle allait se recueillir dans un couvent. Sachez que la majeure partie des gens d'ici pensaient la même chose lorsqu'elle repartait sur Nantes. Elle m'a dit qu'elle aurait peut-être dû vous l'avouer lors de la mort de votre grand-père ou celle de votre père, cependant vous aviez vos études à terminer, elle voulait vous protéger. Ensuite, vous avez eu vos enfants. Et après, il était trop tard.

Marc s'arrêta un peu. Il fallait qu'Eva digère les premiers mots. Il devait la laisser diriger le rythme des révélations. Il la sentait au bord des larmes. Elle avait un visage défait. Elle ferma les yeux, prit une profonde respiration et enfin regarda Marc dans les yeux. D'un léger sourire et d'un long battement de paupières, elle l'encouragea à poursuivre.

— Edmond était le premier amour d'Eglantine. Ils se sont perdus de vue pendant de nombreuses années puis se sont retrouvés par hasard alors que votre père était un adolescent. Ils n'ont simplement pas réussi à accepter l'idée de se perdre à nouveau. Votre grand-mère a vécu entre deux hommes, deux merveilleuses histoires d'amour. Vous en connaissez une : celle avec Pierre, votre grand-père. Je vais donc vous raconter la seconde, celle d'Edmond et Eglantine.

Un silence s'installa. Marc avait conscience qu'il fallait y aller doucement, lentement. Il ne voulait pas brusquer Eva. Sa mission était difficile, néanmoins il se montrerait à la hauteur.

— Si je vous comprends bien, vous êtes en train de m'annoncer que ma grand-mère a vécu une double vie ? Qu'elle a eu un amant pendant de longues années ? Sérieusement ?

— C'est assez réducteur, mais oui, en effet, on peut voir les choses ainsi. Toutefois, s'il vous plaît, même si je sais que ça va être difficile, gardez-vous d'être dans le jugement et laissez une chance à l'histoire d'Eglantine et Edmond.

Eva ferma les yeux. Pendant quelques minutes, le silence reprit sa place entre eux. Elle inspira fortement et hocha la tête pour faire signe à Marc de continuer.

— En 1936, ils avaient une vingtaine d'années. Ils se sont aimés profondément et se sont juré un amour sans faille, un amour éternel. C'était sans compter sur les aléas de la guerre. Edmond s'engagea auprès de ses camarades du Front Populaire dans la guerre d'Espagne. Il croyait en un idéal social, en la République. Il pensait partir pendant plusieurs semaines au plus. Eglantine a pourtant eu un mauvais pressentiment, mais il lui promit qu'il ferait attention à lui.

— Alors pourquoi Eglantine ne l'a pas retenu ou pourquoi n'est-elle pas partie avec lui ? Je crois savoir que bon nombre de femmes s'engageaient auprès du camp républicain !

— Ça, je ne sais pas. Vous croyez qu'il y avait tant de femmes à la guerre ?

— Oui, confirma Eva. — A cette période, en France, les femmes n'avaient pas le droit de porter des armes. En revanche, en Espagne, elles étaient admises dans les troupes républicaines. Chaque force était importante et je crois que les femmes étaient aussi politisées que les hommes. D'ailleurs, les espagnoles ont obtenu le droit de vote en 1931. Peut-être que ma grand-mère ne s'intéressait pas à cette cause autant que son ... euh... amoureux ?

— Oh si, au contraire, bien sûr qu'elle partageait un idéal de société, mais Edmond ne voulait pas qu'elle prenne de risque. C'était une époque différente. Il aurait sûrement accepté qu'elle parte dans l'intention d'être cantinière ou infirmière, encore que je n'en sois pas certain. Edmond m'a raconté que pour lui, il était hors de question qu'Eglantine vienne en Espagne et prenne le risque de se blesser. Il a dû trouver les mots afin de la convaincre. Ceci dit, je ne pense pas qu'Eglantine ait eu vraiment envie d'aller à la guerre. Ce n'était pas dans son caractère.

— Oui, je confirme ! Mais pardon, je vous ai coupé.

— Vous faites bien et n'hésitez pas à recommencer si vous en éprouvez le besoin.

— Je n'arrive pas à imaginer Mamibelle en activiste ! Elle ne m'a quasiment jamais parlé de politique ! J'avais compris que son cœur allait plutôt vers la gauche, enfin de là à l'envisager militante !

— Je crois quand même qu'Edmond était bien plus engagé qu'elle. C'est vrai qu'elle ne parlait pas beaucoup de politique.

Marc se mit à réfléchir.

— Voyons… Où en étais-je ?

— Edmond est donc parti en Espagne dans l'espoir de sauver la République…

— Oui, voilà. Cependant la chance n'était pas de leur côté. Il fut blessé, puis déclaré mort. Eglantine l'ignorait et attendait son retour. Un jour, elle a reçu le paquet de lettres qu'elle lui avait envoyées – avec la mention « décédé ». Son cœur chavira. Elle ne voulait pas y croire. C'était impossible. Pas son Edmond. Elle a cru mourir mille fois. Mais elle a tenu bon. Elle a fait des recherches, seulement personne ne savait, personne ne l'avait vu.

Marc fit une nouvelle pause. Eva se leva, alla vers la fenêtre, regarda un peu le ciel. Elle était reconnaissante envers Marc. Elle savait qu'il s'interrompait dans son récit pour la laisser appréhender ce qu'elle venait d'entendre. Eva souffla de nouveau et se retourna vers Marc, lui fit un signe de tête afin qu'il poursuive.

— C'est pendant ses investigations qu'elle rencontra Pierre, un cousin d'Edmond, votre grand-père. Il était nantais lui aussi. Il l'aida dans ses recherches. Un jour plus noir que les autres, l'administration conclut à un décès. Eglantine était effondrée. Pierre avait dix ans de plus qu'elle. Il trouva les mots pour aider Eglantine à survivre. Peu à peu l'amitié s'est transformée en amour.

— Et mon grand-père lui proposa de l'épouser !

— Pas exactement. 1939 arriva. Pierre fut mobilisé. Eglantine revécut le même enfer. Heureusement, cette fois-là, elle ne perdit pas son amour. Pierre revint, blessé à la jambe, mais il revint.

— Oui, c'était en 1940. Je connais cette histoire. Mamibelle le soigna. Leur amour était fort.

— Exactement. L'époque exaltait les sentiments. Ils décidèrent de se marier en 1941. Et Paul, votre père, naquit l'année suivante.

Eva connaissait la suite ; du moins celle d'Eglantine, Pierre et Paul. Enfin, elle pensait savoir.

— Alors Edmond n'était pas mort ? Pourquoi n'est-il pas rentré ?

Eva commençait à comprendre un peu. Elle regarda Marc finir sa bière, lever son verre, entrouvrir sa bouche en vue de l'accueillir et introduire son nez bien dessiné dans le verre, prendre une gorgée de liquide blond et déglutir. Elle imagina le parcours de la boisson dans sa gorge. Elle le vit reposer son verre et passer machinalement la lèvre inférieure sur l'autre pour enlever le peu de mousse blanche que la bière y avait laissé. Elle attendait la réponse.

— Non, il était toujours blessé. Il était très diminué. Une ombre parmi les ombres. Tout le corps était atteint. Cependant, la plus grosse lésion se situait au niveau de la tête. Des habitants l'ont pris en charge, lui et un autre français, François. Ils y sont restés longtemps, plusieurs années. Je ne sais plus exactement jusqu'à quand.

— Pourquoi ne sont-ils pas rentrés simplement en France ?

— La période était très troublée en Espagne. Les franquistes avaient pris le pouvoir et n'hésitaient pas à descendre les communistes et autres républicains. Il fallait se faire petit, ne pas provoquer de vague. Ils ne pouvaient pas marcher et donc, pas regagner la France tout de suite.

— Oui, mais quand même, il aurait pu lui envoyer une lettre ou un signe de vie !

— Comme je vous l'ai dit, la blessure principale était située au niveau du crâne. Le souci, c'est qu'Edmond était amnésique. Il ne se souvenait que de son prénom. Il disait qu'il avait une femme quelque part, seulement il ne se souvenait plus de rien d'autre, ni de son nom, ni de celui de sa femme, ni où ils habitaient. Quand Edmond et François furent rétablis, bien des mois plus tard, ils décidèrent de rentrer en France. Edmond ne savait pas où aller. Son camarade habitait Gimbrède, il le ramena chez lui pour lui permettre de s'installer et de commencer une nouvelle vie.

— Ça devait être une très belle amitié. Je suppose que lorsque l'on vit une période aussi difficile, les liens sont très puissants ensuite.

— Oui, en effet. François était mon père. J'ai toujours considéré Edmond comme mon oncle.

Eva sourit à cette amitié. Elle était néanmoins fatiguée par sa journée et par les émotions qu'elle traversait lors de la révélation de cette histoire. Elle sentit la lassitude l'envahir. Elle repassa ses mains sur son visage et sur ses yeux de manière à lutter contre la fatigue. Marc s'en rendit compte. Il proposa de laisser Eva pour l'heure. Il reviendrait le surlendemain. Il apporterait les papiers administratifs qu'Eglantine lui avait confiés et les coordonnées du notaire en charge de la succession d'Edmond et d'Eglantine. De toute façon, il avait du travail à terminer. Et il devait tout autant digérer la mort d'Eglantine. Même s'il en connaissait l'issue fatale, il avait espéré la voir encore un peu, une fois ou deux. Rien qu'un peu.

Il faudrait des jours afin de tout raconter, et de tout comprendre. Ils acceptèrent de prendre le temps nécessaire, pour éviter de bâcler le récit, pour ne pas brûler les étapes.

Eva regarda Marc sortir et partir à travers champs. Elle savait qu'elle allait revoir rapidement cette silhouette. Elle savait qu'elle attendrait cet homme parce qu'il détenait le reste de la vérité. Elle débarrassa les verres et alla nettoyer la cuisine. Elle remit la musique, elle décida qu'elle pourrait repenser aux révélations de Marc un peu plus tard dans la soirée.

-17-

C'est inouï cette affaire. J'ai un peu du mal à comprendre. Il faut dire que je n'ai pas encore tous les éléments. Comment une femme peut-elle être prise ainsi entre l'amour de deux hommes, sans être capable de choisir ?

J'ai revu Marc hier matin. Nous avons passé des heures ensemble. J'aime sa façon de me raconter l'histoire. J'approuve qu'il amène les choses en douceur et avec bienveillance. Il est vrai que j'aimerais tout savoir et tout comprendre immédiatement, à la fois, il me faut du temps pour assimiler chaque étape. Et puis, j'apprécie ces moments avec Marc. J'aime nos discussions et aussi nos silences pleins. Il est aimable, agréable et bel homme, ce qui ne gâche rien.

Nous parlons également de nos vies respectives. Il a souffert lorsque sa femme l'a quitté, mais il a su retrouver un équilibre entre son travail et ses enfants qu'il ne voit pas souvent du fait de leurs études parisiennes. Cet homme est un passionné, de la vie, de la terre, des plantes et bien sûr du bois, dont il a fait son métier. Et c'est lui qui a fait certains meubles de cette maison !

Tout à l'heure, j'ai eu Denis au téléphone. Je sais que je lui manque. Il ne me reproche pas mon absence de façon à me laisser aller jusqu'au bout de cette plongée au cœur de la vie de ma grand-mère. Il a eu envie de connaître la suite des péripéties d'Edmond. Je lui ai raconté ce que j'avais appris.

— Il me semble que c'était un homme bon. Lorsqu'il a recouvré la mémoire, il a voulu rejoindre son amoureuse. Par conséquent, il revient à Nantes en 1945. Il retourne à l'ancienne adresse d'Eglantine. La concierge lui dit qu'elle est partie avec son mari dans un appartement plus grand à la naissance de leur fils. Edmond est tétanisé. Une grande tristesse s'empare de lui. Néanmoins, il veut la revoir.

— Personne ne l'a reconnu ? s'est enquis Denis

— Non ! D'abord, il avait physiquement changé et les gens avaient pas mal déménagé pendant la dernière décennie. Et puis, tu sais, lorsque tu penses que quelqu'un est mort, tu n'imagines pas qu'il puisse venir te parler !

— Oui, effectivement ! Il n'a donc pas pu retrouver Eglantine ?

— Si, si ! a démenti Eva. Il demande à la gardienne si elle sait ce qui était arrivé au premier amoureux. Et effectivement, elle s'en souvient. Elle est arrivée en poste à cette époque. Elle se rappelle qu'Eglantine était ravagée par la douleur parce que son galant était mort pendant la guerre d'Espagne. La patience, et l'amour de Pierre ont fini par la faire revenir à la vie. Lorsque Pierre est revenu blessé de la guerre, ils ont décidé de se marier, ensuite ils ont eu leur fils. Un bien joli garçonnet.

— Ah oui, d'après les photos, ton père était adorable.

— Edmond dit qu'il est de la famille et souhaitait la revoir. Il note l'adresse et décide d'aller faire le guet.

— Le guet ? Il s'est caché pour la voir ?

— Oui ! confirma Eva. Et il ne lui faut pas longtemps avant d'apercevoir Eglantine et Pierre. Il est tenté de se montrer et de voir ce qu'il reste de cet amour de jeunesse. Seulement, il observe également Papa qui a trois ans à cette époque. Edmond choisit de ne pas risquer l'implosion de cette jolie famille. Il quitte Nantes définitivement. Il est orphelin de père et de mère, il lui est donc facile de disparaître. D'autant plus qu'il est déclaré mort et qu'il a obtenu des papiers sous le nom d'Edmond Carentec, nom dont il se souvenait vaguement au moment de son amnésie. En réalité, Edmond était bien son prénom, mais Carentec était le nom de famille de sa mère. Edmond redescend lentement vers le sud. Il offre ses services de ferme en ferme. Il décide ensuite de rejoindre le sud-ouest, en particulier, Gimbrède où il se sent chez lui.

— Ah, voilà, déjà, on sait comment il est arrivé dans ce village ! s'exclama Denis. Et ta grand-mère ?

— Patience, patience. Je n'en sais pas encore plus. Je dois revoir Marc dans la semaine. Il pourra m'expliquer la suite.

— Promets-moi de prendre soin de toi, ma douce Eva.

Bien entendu, je lui ai promis. Je suis chamboulée par ces révélations. Chamboulée et excitée, à vrai dire. C'est tellement inattendu. Je suis passionnée par cette histoire d'amour, mais je n'arrive pas à raccorder le fait que cette femme soit ma grand-mère adorée.

Marc et Eva se retrouvèrent à plusieurs reprises dans la semaine. Leurs échanges duraient des heures. Ils parlaient beaucoup de leurs aïeuls, mais également d'eux, de leur vie, de tout et de rien. Entre eux, c'était comme une évidence, un peu comme s'ils se connaissaient depuis toujours. Un fluide naturel qui passait de l'un à l'autre. Le tutoiement avait fait son apparition sans même qu'ils n'y prennent gare. Si quelqu'un leur avait demandé qui avait tutoyé l'autre le premier, ils n'auraient pas su répondre. Ils devaient se revoir le lendemain. Cette fois, ils avaient décidé qu'ils ne parleraient pas d'Eglantine. Ils avaient juste envie de se promener tous les deux. Il fallait encore du temps à Eva pour digérer le récit de ces événements. Eva ressentait un trouble croissant lors de la présence de Marc. Elle attribuait ce flottement à l'histoire de sa grand-mère. Il était naturel qu'elle soit perturbée. Pourtant quelque part, au fond d'elle, un petit quelque chose lui disait que la présence de cet homme précisément y était pour quelque chose. La romance de Mamibelle et d'Edmond n'était pas si simple à concevoir. Heureusement, l'humour avait une belle place dans les échanges entre Marc et Eva. Parfois, Eva se moquait gentiment de l'accent de son compère. Elle se risquait à l'imiter en lui faisant répéter des mots lorsqu'elle n'en comprenait pas le sens. D'autant que Marc avait tendance à parler vite lorsqu'il était passionné. Bien souvent, le rire ponctuait leurs entrevues.

Bien entendu, la vie d'Edmond et d'Eglantine commençait à prendre forme dans sa tête. Elle comprenait mieux les rouages de toute cette énigme. Elle parvenait à accepter que cette femme ait pu être sa grand-mère. Elle la retrouvait dans les détails de l'histoire, dans le caractère de cette femme aimée et aimante. Mais quand elle y repensait, une fois seule, elle en avait un peu le vertige.

Edmond avait fini par revenir à Gimbrède et s'y installer. Il s'était associé dans une ferme avec François et avait acheté cette maison pour une bouchée de pain. Elle n'avait aucun confort moderne à l'époque. Il l'avait retapée au fil des années. Il avait à nouveau rencontré l'amour. Il avait épousé une femme, en 1949, la pauvre était morte en couches. Ni elle, ni l'enfant n'avaient survécu. Même s'il s'était fait une raison, Edmond pensait toujours à Eglantine. Il n'imaginait pas la revoir un jour.

Ce jour arriva pourtant. Eglantine était montée à Paris dans le but de découvrir la capitale avec son fils. Ils buvaient un verre au café du premier étage de la Tour Eiffel. L'endroit était plein de monde en ce printemps 1956. Un homme leur demanda s'il pouvait prendre une des chaises qu'ils n'utilisaient pas. C'était Edmond. Il était venu à Paris en compagnie d'amis pour le mariage de l'un d'eux. Eglantine et lui se regardèrent longuement. Sans pouvoir se détacher du regard. Elle balbutia un « C'est toi ? C'est bien toi ? ». Elle n'en croyait pas ses yeux, son amour, son grand amour était vivant !

Paul ne comprenait pas ce qu'il se passait, ni qui était cet homme. Eglantine lui expliqua qu'il était le cousin de Pierre et qu'ils le croyaient mort à la guerre. Edmond lui promit de lui écrire, il avait encore son adresse. Ce qu'il fit dans les semaines suivantes. Il lui raconta toutes ses péripéties, il lui avoua qu'il était venu à Nantes en 45. Il avait préféré se retirer par amour pour elle et pour le bonheur du petit Paul. Eglantine décida d'aller lui rendre visite en vue de se retrouver un peu et de prendre le temps de parler.

Seulement, voilà, l'amour était toujours là et peut-être plus fort. Edmond la vit indubitablement belle, sans doute davantage à l'aube de ses quarante ans. Malgré cela, Eglantine aimait tout autant Pierre. Et Paul n'avait que quatorze ans. Et on ne divorçait pas à l'époque. Eglantine ne savait plus comment faire.

Lorsqu'elle revint à Nantes, Eglantine raconta tout à Pierre. Bien entendu, il fut très heureux que son cousin soit sauf mais l'éventualité de perdre sa femme lui traversa l'esprit. La peur s'infiltra doucement mais durablement en lui.

Il décida de rendre visite à Edmond. Il avait besoin de revoir son cousin vivant. Il voulait le serrer dans ses bras et lui dire à quel point il était content de le retrouver en vie ! A son tour, donc, Pierre prit le chemin de Gimbrède où il passa plusieurs jours. Ils prirent le temps de se raconter, chacun leur histoire, entre hommes. Pierre se rendit rapidement à l'évidence : la lumière qui s'allumait dans les yeux d'Edmond à chaque fois qu'ils évoquaient Eglantine était la même qu'il avait vu briller dans les yeux de sa femme. Il comprit le lien très fort qui unissait ces deux êtres. Il sut qu'il ne pourrait pas lutter contre et qu'il risquait de rendre sa femme malheureuse s'il ne trouvait pas une solution. Pour autant, il ne voulait pas la quitter non plus. Il reprit le chemin du retour plus déprimé que jamais. La peur de perdre sa bien-aimée étreignait son cœur.

De retour à Nantes, Pierre resta plusieurs jours silencieux. Son humeur était maussade. Il ne se voyait réellement pas vivre sans son Eglantine. Cependant, il savait aussi que si Edmond ne s'était pas retiré, il aurait perdu sa femme. Il avait beaucoup d'estime à l'égard de son cousin. Alors, peu à peu, une idée germa dans son esprit. Il prit le temps de réfléchir à tous les tenants et aboutissants avant de la présenter. Il envisageait une sorte de partage et proposa un marché : Eglantine irait une semaine par mois chez Edmond et le reste du temps, elle serait entièrement à lui et à Paul. Eglantine ne savait pas trop quoi en penser.

— Et les gens, que diront les gens ?

Rien, bien sûr, Pierre avait pensé à tout.

— Tu feras une retraite dans un couvent dans le sud de la France. Les gens te penseront pieuse. Je t'aime, je veux te garder, même si je dois te partager avec Edmond.

Edmond accepta. Tout le monde se mit d'accord sur le silence et la drôle d'histoire commença. Elle ne s'arrêta qu'au mois d'octobre dernier avec la mort d'Edmond.

Eva n'en revenait pas que son grand-père ait pu proposer un partage de ce genre. C'était incroyable ce qu'il avait fait par amour. Etait-ce vraiment de l'amour ? N'aurait-il pas mieux valu qu'il oblige Eglantine à choisir. Il a probablement eu trop peur de la réponse. Trop peur de ce choix. Trop peur de se retrouver loin de son fils, loin de son amour. Un drôle d'arrangement, une drôle de vie.

Comment disait Denis déjà ? Mamibelle était un peu originale... Et bien, il ne se doutait pas à quel point elle l'était !

-19-

Le crépuscule tombait sur l'étang. Le soleil distillait doucement ses derniers rayons. La chaleur se faisait moins pesante. La lumière diffuse apportait un éclairage incomplet et laissait déjà de grandes zones d'ombres. Le chuchotement de la brise faisait frémir l'eau. Tout était tranquille, les animaux se calmaient.

Marc et Eva firent le tour de l'étang et se dirigèrent vers le petit bois. Ils s'installèrent l'un à côté de l'autre, un tronc d'arbre en guise de banc. Et regardèrent en silence l'eau paisible. Certains sentiments ne peuvent être formulés fidèlement. Le silence est parfois préférable. Une impression d'éternité, de se fondre avec la nature. D'être partie prenante du paysage, d'être le brin d'herbe, la feuille qui virevolte au gré du vent, l'asphodèle, la libellule. Les vignes dégageaient une odeur de chlorophylle et de raisin. Ils étaient bien. Eva se sentit incroyablement sereine, libre de tout exprimer. Plus rien n'existait que cet instant. La magie du moment. Elle soupira et posa sa tête sur l'épaule de Marc.

Marc rompit le silence en premier.

— Cet endroit est enchanté, j'y viens à chaque fois que j'ai besoin de me ressourcer, de me nettoyer les antennes.

Eva ne savait pas ce qu'il fallait dire ou faire. Elle avait un peu peur de ses réactions. Elle se sentait si bien là près de Marc.

— Je n'y ai jamais amené quelqu'un auparavant. chuchota-t-il.

Ses doigts touchèrent légèrement ceux d'Eva. Tout d'abord, l'extrémité et puis se faisant de plus en plus hardis, ils remontèrent leur effleurement vers le dos de la main, lentement, très lentement, comme si chaque particule de la peau d'Eva était un trésor inaliénable. Elle fit passer son pouce au-dessus de celui de Marc et se mit à son tour à caresser lentement les doigts de son compagnon.

Eva releva son visage et le regarda intensément. Il ressentait les mêmes choses qu'elle ! Elle en avait la certitude maintenant !

Une libellule passa entre eux. Ils sourirent. Marc avança sa main gauche doucement sur la joue d'Eva. Elle le laissa faire. Le contact avec sa paume était si agréable ! Elle pencha un peu la tête vers cette caresse et ferma les yeux. Marc massait les tempes d'Eva du bout des doigts. Elle soupira et esquissa un sourire. Lorsqu'elle ouvrit les yeux, Marc était tout près d'elle. Il la regardait avec beaucoup de magnétisme. Il déposa un simple baiser sur la commissure de ses lèvres. Elle frissonna. Un ouragan venait de passer dans son corps, dans son cœur. Elle désira Marc d'une manière insoutenable, presque animale.

Marc se leva d'un bond.

— Rentrons, veux-tu ?

Elle prit la main qu'il lui tendait et se leva à son tour. Ils marchèrent un bon moment ainsi main dans la main en silence.

Dans le ciel au-dessus, une ribambelle d'oiseaux virevoltait et semblait les saluer. Eva se sentait pleinement vivante. Elle ne voulait penser qu'à ce qu'elle ressentait en ce moment. Plus rien d'autre n'existait que cet homme et elle, perdus dans la nature. Elle se dit qu'il aurait pu s'appeler Adam et qu'elle aurait volontiers croqué dans la pomme en sa compagnie. Que cette rencontre était peut-être une chance à saisir, un renouveau total à accomplir, une destinée qui s'ouvrait à elle.

Marc ressentait la même chose. Néanmoins, il voulait patienter. Certes, il était terriblement attiré par Eva mais ce n'était pas le bon moment pour aller plus loin. Elle n'en avait pas fini avec les péripéties de sa grand-mère. Elle devait dissocier les deux histoires. D'un côté, il y avait l'histoire de Pierre, Eglantine et Edmond, de l'autre celle d'Eva et de Marc. Peut-être faisait-il une erreur à ne pas céder à cette formidable envie de goûter à la peau de cette femme, mais Marc était un homme entier. Il chassa ses idées sensuelles et poursuivit son chemin en profitant de l'instant présent.

Lorsqu'ils arrivèrent devant la maison d'Edmond, Marc lui fit une bise sur la joue et lui promit de revenir la voir bientôt. Il avait besoin d'un peu de temps après cette soirée et affirma qu'Eva en avait probablement besoin également.

Eva resta un moment seule dans le salon, assise dans la pénombre. Elle avait besoin de réfléchir, mais elle n'y parvenait pas, hantée par les émotions du soir. Lorsque Denis téléphona, elle resta un peu évasive et écourta la conversation.

Eva sentait confusément que l'éloignement d'avec son mari risquait d'être fatal à leur mariage. Que pouvait-elle faire ? Elle se sentait de plus en plus attirée par Marc. Elle ne pourrait pas résister longtemps encore à cette tentation. Oudon lui semblait si loin, si irréel. C'était comme si elle appartenait à cette demeure, à ce lieu. Rien de son passé ne pouvait l'atteindre vraiment ici. Elle avait mis ses pas dans ceux de sa grand-mère. Plus rien d'autre ne comptait.

-20-

Je viens de raccrocher d'avec Eva. Elle m'a semblé lointaine, voire perturbée. Je n'aime pas ça du tout. Elle est loin, si loin de moi. Que puis-je faire pour l'aider ? Est-ce que ma présence pourrait la réconforter ?

Je comprends que l'histoire d'Eglantine et de cet Edmond doit lui faire l'effet d'une bombe émotionnelle. J'avoue que, moi-même, j'ai du mal à concevoir que cette aventure soit véridique. C'est incroyable ! Cette femme qui se partage entre deux hommes. D'un autre côté, quel choc ça a dû être lorsqu'elle a revu son amour de jeunesse qu'elle croyait mort.

Et mon Eva ! Quelle secousse pour elle d'apprendre cette relation. Je rumine tout seul dans mon coin.

Je viens de regarder mon agenda. Je n'ai pas énormément de rendez-vous. Qu'à cela ne tienne, je vais fermer mon cabinet pendant la semaine. Je travaillerai doublement la semaine suivante. Je vais lui faire la surprise. Il faut que j'aille voir Eva à Gimbrède.

Je vais partir en fin de matinée demain. J'appellerai Eva sur la route de façon à lui annoncer ma venue.

C'est décidé ! Je viens ma petite femme. J'ai besoin de t'accompagner dans cette épreuve. Je viens à toi.

- 21 -

Le lendemain, en fin de matinée, comme prévu, Denis prit la route vers le Gers. C'était dimanche, malgré tout il avait téléphoné à ses patients afin de décaler les rendez-vous avant de partir. « Une urgence familiale » avait-il prétexté. Après tout, il n'était pas loin de la vérité ! Il avait urgemment besoin de voir sa femme !

Il avait déjà parcouru deux cents kilomètres lorsqu'il s'était arrêté pour déjeuner. Avant de repartir, il avait réussi à joindre Eva et à la prévenir de son arrivée. Il emprunta le petit chemin qui menait à la maison d'Edmond en début de soirée.

Eva se rendit compte qu'elle recevait Denis avec un peu de distance. Elle aurait voulu procéder autrement, pourtant elle n'y parvenait pas. Elle avait véritablement besoin d'effectuer le point sur sa vie. Sur la vie passée de sa grand-mère. Et aussi comprendre ce qui se passait en elle. Entre Marc et elle.

Denis s'aperçut de cet éloignement, toutefois il ne dit rien. Ce n'était pas franchement de la froideur, mais plutôt un petit grain de sable qui empêche la machine de tourner correctement, comme une gêne entre eux. Ça ne leur était jamais arrivé. Ou alors, il ne l'avait pas remarqué. Il comprenait que tous ces événements devaient chambouler totalement Eva. Ne l'était-il pas lui-même un peu. Beaucoup en effet. Que cette histoire était singulière ! La grand-mère d'Eva avait eu une double vie. Et le plus incroyable c'était que chacun de ses maris – devait-il les nommer maris ou compagnons ? Il ne savait pas – Pierre et Edmond étaient au courant et probablement consentants. Etait-il lui-même capable d'envisager la même chose par amour envers Eva ? Il en doutait. D'un autre côté, il se dit qu'il le ferait éventuellement. Tout dépendait des circonstances. Pierre avait dû souffrir de la situation. Plus qu'Edmond probablement.

Le lundi, Eva lui fit visiter la propriété et les alentours. Elle lui expliqua plus en détail ce qu'elle avait appris sur la vie d'Eglantine et d'Edmond. Denis ne comprenait pas tout, Eva non plus. Elle lui demanda de ne pas juger. Elle avait fini par accepter l'idée. Il fallait juste voir ces évènements avec tout l'amour qu'ils avaient pour Mamibelle. Eglantine, Pierre et Edmond avaient mené leur vie comme ils l'entendaient. Bien que leur situation leur parût plus qu'étrange, il fallait accepter. Ils se promenèrent dans les vignes, près de l'étang. Non loin d'où elle avait passé ces doux moments avec Marc. Elle dirigea Denis par-delà les collines et elle lui parla de Marc, sans évoquer bien sûr le trouble qu'elle ressentait. Elle avait besoin d'être isolée et de continuer son introspection. Sans doute que la demeure d'Edmond était devenue un peu son jardin secret à elle aussi.

Eva expliqua à Denis qu'elle avait encore besoin d'être ici. De temps à elle. Seule. Elle allait passer plusieurs jours ou semaines, voire le reste de l'été dans la maison de sa grand-mère. Il le fallait, elle le sentait. Elle était désolée pour les vacances qu'ils avaient projetées en Bretagne, cette retraite lui était vraiment nécessaire. Elle n'avait pas planifié la mort de sa grand-mère et ne pouvait pas se douter de toute cette histoire. Elle ne savait pas où cet isolement la mènerait. Elle se retint de l'avertir qu'elle ne savait pas non plus où tout ça les mènerait. Mais, elle avait un parcours initiatique à accomplir. C'était une évidence, elle en était certaine. C'était, d'ailleurs, la seule chose dont elle était sûre. Rester seule, encore un moment ici. Elle ne pouvait pas rentrer ainsi chez elle, pas déjà, pas maintenant. Elle avait engagé trop de réflexions ici. Elle devait aller jusqu'au bout. Quitte à … quitte à tout changer, tout bousculer dans sa vie. Elle savait qu'elle en était capable. Il était trop tôt pour expliquer toutes ses pensées à Denis. Mais le connaissant, il était probable qu'il le ressente un peu. Sinon, il ne serait pas venu jusque-là en délaissant ses patients.

Ils marchèrent un long moment le long de la rivière, côte à côte sans parler. Denis essayait de profiter du moment. Carpe Diem, se disait-il. Qui sait de quoi demain sera fait ? Quelle distance avaient-ils parcouru ? Cinq kilomètres peut-être. Ça faisait plus d'une heure qu'ils marchaient. Il faisait chaud, heureusement les arbres donnaient de l'ombre. La promenade était vraiment agréable. Une petite brise passait dans leurs cheveux. Mais ni Eva, ni Denis n'était vraiment l'humeur bucolique. Leurs corps étaient proches, pourtant ils se sentaient si loin l'un de l'autre.

Le repas du soir fut assez silencieux, chacun restant dans ses pensées. Eva se sentait lasse. La venue de Denis l'avait bouleversée. Plus qu'elle ne voulait l'admettre. Toute cette affaire rocambolesque l'avait finalement transformée. Elle avait vécu ses derniers jours si intensément, si loin de sa vie, qu'un voile semblait s'être installé entre son mari et elle. Vivaient-ils leurs derniers instants de couple ? Elle chassa vite cette idée. Elle n'en était pas arrivée à se poser cette question. Sans doute qu'il le faudrait à un moment, elle se dit que cet instant n'était pas arrivé tout simplement. Elle aimait Denis. Mais alors que ressentait-elle pour Marc ? Pourquoi un simple baiser furtif l'avait-il autant remuée ? Elle n'avait pas de réponse. Elle décida d'aller rejoindre Denis qui était parti se coucher plus tôt. Le voyage de la veille ainsi que la promenade du jour l'avaient fatigué.

Le lendemain, lorsque Denis se réveilla, il faisait encore nuit. Il se leva sans faire de bruit. Il voulait laisser Eva dormir. Elle avait l'air tellement perturbée, totalement en dehors de la réalité, de leur vie. Il avait compris qu'il lui fallait du temps afin d'assimiler cette drôle d'histoire, il dut tout de même s'avouer qu'il avait un peu de crainte pour leur couple. Il n'aurait jamais imaginé avoir cette inquiétude quelques semaines plus avant. Il ne savait pas vraiment comment réagir. Fallait-il qu'il laisse faire Eva comme elle le sentait ? Fallait-il qu'il s'impose ? Il était perdu.

Il sortit et fit le tour du jardin. Sa promenade le conduisit au-delà du terrain de la propriété. Il poursuivit son chemin à travers les vignes. C'était une nuit claire. La pleine lune l'accompagnait le long du chemin. Il marcha ainsi pendant près d'une demi-heure puis se détermina à rebrousser chemin. Il fallait qu'il prenne une décision. Il ne voulait, il ne pouvait pas contraindre Eva à faire quoi que ce soit. C'était totalement hors de sa portée. Il faudrait qu'elle détermine elle-même ce qu'elle voulait réaliser. Denis avait senti qu'elle était attirée par le voisin. Comment s'appelait-il déjà ? Marc. Oui, c'était bien Marc. Bien sûr qu'Eva ne lui avait pas dit, mais il avait senti son attirance à la façon dont elle l'évoquait, ou plutôt, à la manière dont elle esquivait son évocation. Il gonfla ses poumons d'air et souffla fortement. Il avait arrêté sa décision. Il ne reviendrait pas en arrière. Il allait repartir après le petit-déjeuner et laisser Eva continuer son aventure. Seule. Il comprit un peu ce que Pierre avait vécu. Il ne pensait pas qu'il était exactement comme le grand-père d'Eva pourtant il se sentit proche de lui.

Eva se réveilla vers neuf heures. Denis lui exposa ses conclusions en omettant de parler de Marc. Il avait le cœur un peu gros, ce n'était pas la peine d'en rajouter. Après avoir pris un café et un morceau de pain beurre-confiture ensemble, Denis repartit vers chez eux, résigné. Il serait peut-être un peu comme Pierre tout compte fait.

Eva passa quelques jours seule, loin de toute agitation. Il lui fallait du temps pour se libérer de la présence de Denis. La région nantaise lui paraissait très loin. Sa vie là-bas, son travail, ses enfants également. Tout semblait impalpable, comme appartenant à une autre vie, lointaine, ancienne. Ou plutôt, comme s'il s'agissait de la vie d'une amie, une amie proche, certes, mais pas de la sienne. Eva ressentait ce moment où tout peut basculer, une croisée des chemins devant elle. Elle se souvenait des bons moments, bien sûr, mais aussi des disputes, avec les enfants, avec Denis. Comment peut-on se quereller pour une histoire de nuances de couleurs de peinture pour le mur d'une cuisine ? Comment peut-on sermonner des enfants pour un retard de dix minutes ? Tout lui semblait futile. Tout lui semblait vain.

Denis était-il vraiment le même homme que celui qu'elle avait rencontré ? Il lui semblait que la légèreté de leur jeunesse avait irrémédiablement disparu. Et elle, était-elle toujours fidèle à la jeune femme qu'elle avait été ? Quels étaient ses rêves de jeune fille ? Avait-elle réussi à les accomplir ou alors avait-elle subi sa vie ?

Eva se dit qu'elle gagnerait à examiner ces aspects. Elle avait peur de se rendre compte qu'elle s'était trompée de vie, qu'elle n'avait pas été fidèle à ses perspectives de jeunesse, que Denis ne soit pas, ou plus, l'homme qui lui correspondait.

Une image s'imposait à elle. Elle se revoyait petite fille dans le jardin de sa grand-mère, habillée d'une robe en tulle rose. Elle avait un chapeau pointu fabriqué dans du carton. Un peu de tissu, un peu de paillette, et hop ! Elle était la fée du jardin. Dans ses mains tournoyait une superbe baguette magique. La jeune Eva virevoltait sur elle-même en riant ! Comme elle aimerait être à nouveau cette petite fille !

— Et justement ! se dit-elle — si tu avais une baguette magique dans les mains, qu'en ferais-tu ? Quel changement apporterais-tu dans ton existence ? Quelle vie choisirais-tu exactement ?

Elle s'aperçut qu'elle n'en avait aucune idée. Diable qu'elle avait encore du travail à faire, un vrai long chemin à accomplir !

Le samedi suivant, Eva décida d'aller au marché du village voisin. Marc lui avait dit qu'ils y allaient souvent, Eglantine et lui. Edmond les accompagnait lorsqu'il était encore vaillant. Il fallait qu'elle comprenne un peu, qu'elle croise les gens que sa grand-mère avait côtoyés en secret pendant plus de cinquante ans. Marcher dans ses traces, respirer le même air, voir les mêmes choses, goûter les mêmes plats, déambuler dans les mêmes rues, sur les mêmes places. Oui, elle avait besoin de se fondre dans ce paysage.

Elle se gara dans une rue à l'entrée du village et parcourut le reste du chemin à pied. Elle remonta la rue des Jasmins et passa devant une salle des fêtes. Elle avait l'impression de flotter dans les airs. Ses gestes étaient automatiques, elle avait hâte d'arriver au cœur du marché. Elle ne parvenait pas vraiment à regarder les façades des maisons qu'elle dépassait. C'était un village simple, avec une beauté discrète, un village du sud qu'elle aurait aimé découvrir dans d'autres circonstances. Avec sa grand-mère. Oh, oui ! Elle aurait véritablement aimé qu'Eglantine la guide dans ces rues qu'elle ne connaissait pas, qu'elle lui raconte l'histoire locale, les anecdotes sur les habitants. Ça faisait un drôle d'effet de se promener dans une ville que sa grand-mère connaissait comme sa poche et où elle n'avait, elle, jamais mis les pieds. Elle se dirigea vers la rue qui menait au centre du village.

Le marché était situé sous les halles de la mairie. De grands piliers blancs soutenaient le bâtiment. Les bureaux administratifs étaient situés à l'étage. Les arches ne pouvaient contenir tout le marché. Des tables et des bancs étaient offerts aux chalands fatigués. Quelques vieilles personnes échangeaient leurs points de vue sur l'actualité. Eva se dit qu'elle pourrait les questionner pour en savoir un peu plus sur Edmond et Eglantine. Ce n'était pas le moment : il était trop tôt. Les écorchures dues aux révélations étaient encore douloureuses. Elle voulait prendre le temps de panser ses blessures. Elle irait interroger les villageois plus tard. Pour le moment, elle voulait juste profiter du marché. Se recentrer sur elle. Sur l'amour qu'elle portait à sa grand-mère. Rien d'autre. Elle regarda autour d'elle. L'air était léger. Les gens semblaient insouciants, heureux. Les odeurs enivrantes, les couleurs chaleureuses contrastaient avec le recueillement, la quiétude, le silence de ces derniers jours. L'ambiance était tellement vivante et vibrante, tellement loin de l'atmosphère de ce qu'elle venait de vivre ! Que c'était bon ! Elle avait l'impression de renaître.

Elle passa devant un étal de fleuriste. La vue de ces fleurs lui fit un bien fou. Elle s'arrêta. Sa grand-mère aimait tant les plantes. Elle se décida à acheter un bouquet. Elle le déposerait solennellement sur la table du salon en hommage à Eglantine. Elle choisit une magnifique gerbe de freesias. Le parfum entêtant lui rappelait son enfance. Sa grand-mère aimait planter ces fleurs dans son jardin. Elle l'avait souvent aidée à jardiner. Que toute cette époque semblait lointaine maintenant. Elle échangea quelques mots polis avec le vendeur, et paya son bouquet. Eva reprit sa balade parmi les étals du marché. Bon nombre de personnes déambulaient en cette fin de matinée, ce n'était pourtant pas encore la grande foule.

Tant mieux, elle n'aurait certainement pas supporté de devoir se frayer un chemin parmi les gens. Une silhouette attira son regard. Elle sourit. Trois étals plus loin, Francis Cabrel achetait du fromage. Il riait de bon cœur avec le vendeur.

— C'est vrai, pensa-t-elle, j'avais oublié, je suis dans son pays !

Elle se dit qu'elle allait le croiser simplement. Peut-être le saluer par un sourire, mais surtout pas plus. Elle ne lui sauterait pas au cou avec l'intention de lui exprimer combien elle appréciait ce qu'il faisait. Elle n'était pas comme ça. Elle ne voulait surtout pas rentrer dans le contexte show-biz. « Tu es l'artiste, moi, la fan ». C'était tellement ridicule ! Ce n'était qu'un homme après tout, d'autant qu'il était là chez lui. De plus, Eva avait entendu dire quelque part qu'il n'appréciait pas non plus ce genre d'effusions. Oui, juste un sourire et un « Bonjour » en passant près de lui. Ce sera son petit rayon de soleil de la journée. Après tous les questionnements de ces derniers jours, voir ainsi un artiste qu'elle appréciait lui permit de se raccrocher à une quelconque réalité. Cette rencontre faisait beaucoup de bien.

Francis termina son achat. Il discutait avec un homme dans la rue. Au moment où il se retourna, son regard croisa celui d'Eva qui était à quelques mètres de lui maintenant. Il lui sourit et la salua d'un signe de la tête. Il était plutôt engageant pour un chanteur si populaire ! Eva lui rendit son sourire. Tout en continuant de la regarder, il dit quelque chose à l'homme qui l'accompagnait. Ce dernier se retourna et sourit également à Eva. Leur attitude la surprit encore plus lorsque les deux hommes se dirigèrent soudain vers elle.

— Bonjour, vous ne seriez pas la petite-fille d'Eglantine ?

— Euh... Si... C'est bien moi. balbutia Eva.

Elle les regarda, incrédule.

— Je suis le maire de Gimbrède. Vous ressemblez tellement à votre grand-mère ! C'est impressionnant ! J'ai croisé Marc Laffarque hier matin. expliqua l'homme en passant la main dans ses cheveux blancs. — Je tenais à vous manifester toute ma sympathie et nous souhaitions vous présenter nos condoléances. Votre grand-mère était quelqu'un de très bien. Elle et Edmond ont vécu une belle histoire.

Eva dévisageait cet homme qui lui semblait sympathique mais ne savait pas quoi lui répondre.

— Je l'ai bien connue, vous savez. enchaîna le maire. — Quand j'étais gamin, j'aimais venir au moment du goûter déguster ses gâteaux.

Il leva les yeux au ciel comme pour affirmer le délice que c'était pour lui.

— Et notamment ceux au chocolat.

Il sourit en levant à nouveau les yeux et en détachant chaque syllabe du mot « chocolat » comme pour mieux le savourer encore aujourd'hui et indiquer que la succulence lui restait en bouche plusieurs années après.

— Plus tard, j'y suis retourné, de temps à autre, afin de prendre une bouffée d'enfance. J'y suis revenu en octobre au moment de la mort d'Edmond. Entre nous, c'était comme avant. Elle m'a parlé longuement de sa vie, de vous, Eva, c'est bien votre prénom ? »

Eva hocha la tête. Francis, qui était resté silencieux, ajouta en lui souriant avec un regard empathique :

— J'imagine que ces déclarations doivent vous être pénibles. Mais surtout, n'oubliez pas qu'Eglantine était vraiment formidable.

— Euh, oui, oui, bien sûr.

Eva n'en croyait pas ses oreilles.

— N'hésitez pas, si je peux faire quelque chose pour vous ! lui dit le maire en lui tendant la main.

— Merci, c'est gentil. Ça ira.

Eva leur serra la main et s'échappa rapidement. Elle était tellement mal. Le monde autour d'elle avait disparu, tout semblait immatériel, comme fondu dans un brouillard. Elle n'arrivait pas à comprendre ce qui venait de se passer.

Donc, eux aussi connaissaient Eglantine ! C'était à peine croyable ! A cet instant, elle aurait pu accepter l'idée d'être l'une des protagonistes du feuilleton « *La Quatrième Dimension* ». Elle allait de découverte en découverte. Elle ne comprenait plus rien. Soudain, elle se revit dans l'église au moment de la sépulture.

— La chanson ! Bon sang, la chanson ! s'écria Eva.

L'émotion était trop forte. Eva eut la désagréable impression que tout le monde se moquait d'elle. La France au grand complet semblait être au courant de l'aventure de sa grand-mère. Le monde entier, sauf elle !

La colère monta. D'un coup. Brusquement. Une rage sourde grondait en son cœur. Cette fureur prenait possession de tout son être. Elle était prête à hurler. Il fallait qu'elle parte, qu'elle quitte le marché, là, tout de suite. Elle se mit à courir vers sa voiture. Elle allait décamper. Oui ! S'éloigner d'ici pendant la journée. Ou même rentrer définitivement chez elle, oublier pour de bon toute cette histoire !

Eva passa près d'une poubelle. Elle y jeta son bouquet de fleurs tout en continuant son chemin. Elle ne ralentit pas son allure, elle avait besoin d'action. Elle voulait se sentir maîtresse de son parcours.

Arrivée à sa voiture, Eva savait ce qu'elle devait entreprendre durant le reste de sa journée. Elle prit l'Atlas routier dans sa boîte à gants et traça une ligne vers l'eau. Elle étudia plusieurs destinations. L'océan était très tentant, toutefois, il était trop loin. Elle ne se sentait pas la force de conduire jusqu'à la côte. Elle se rabattit sur la Garonne. Il fallait qu'elle trouve un endroit isolé, mais qui ouvre sur une grande étendue d'eau. En même temps, elle ne voulait pas que le paysage soit détérioré par la centrale nucléaire située à quelques kilomètres. Elle étudia le plan et opta en faveur d'un endroit près de St-Nicolas-de-la-Grave. Elle visa cet itinéraire et choisit de passer par les petites routes avec l'intention de croiser le moins de monde possible. Elle démarra et sortit rapidement du village.

Pendant la route, sa rage s'apaisa, un peu. Après environ une heure de conduite, sur le point d'arriver à destination, elle avait pratiquement disparu. Eva soupira. Décidemment, elle avait laissé éclater deux grosses colères en un mois. Cette histoire la chamboulait vraiment. Elle repensa à son bouquet de fleurs, abandonné sur la poubelle dans une petite rue du village. Elle s'imagina croisant le chemin de cette poubelle et de son bouquet. Elle aurait probablement été intriguée et peut-être même un peu dépitée. Comment quelqu'un pouvait-il abandonner un si joli bouquet ? Etait-ce exprès ou alors s'agissait-il d'un oubli ? Quelqu'un aurait pu le poser là pour prendre quelque chose dans un sac et continuer son chemin en oubliant les fleurs. Qui pouvait l'avoir oublié ? Un amoureux éconduit ? Non, il s'agissait seulement d'Eva. La colère qu'elle avait éprouvée dans la matinée l'avait poussée à commettre cet acte. Elle se sentait un peu comme cet amoureux, banni de la vie de sa bien-aimée. En quelque sorte, elle avait été bannie de tout un pan de la vie d'Eglantine.

Eva se concentra sur la route, elle ne voulait pas que la colère s'empare à nouveau d'elle. Elle s'arrêta pour s'acheter un en-cas puis reprit son trajet. Elle n'avait probablement pas choisi l'itinéraire le plus simple, le plus rapide afin d'arriver jusqu'à la Garonne. Elle avait choisi celui des petites routes qui serpentaient dans la campagne. Elle avait besoin de cette transition avant de se poser au bord de l'eau. L'après-midi venait de commencer lorsqu'elle arriva sur les berges du fleuve.

Elle emprunta un sentier de terre jusqu'à ce qu'il ne soit plus carrossable. Elle se dit que c'était le bon endroit. Il n'y avait personne, pas de bruit, juste l'eau, la nature et elle.

Elle désirait prendre du temps, en vue de se vider la tête. Elle s'installa tout au bord de l'eau, dissimulée par les arbres environnants. Elle était seule. Retirée du monde. Elle aspirait à ne faire plus qu'une avec l'onde. Laisser la douce brise filer entre ses doigts, ses cheveux. Observer la vie, les insectes, les feuilles ou les branches qui flottaient et se dirigeaient vers on ne sait quelle destination. Perdre ses pensées, se perdre elle-même au fil de l'eau. S'imaginer vivre seule sur cette petite île en face d'elle. Loin de tout. Retirée.

Elle resta un très long moment dans cet état. Combien de temps ? Il était difficile de le quantifier. Elle n'avait pas de montre avec elle. Elle sentit la faim la taquiner. Elle n'avait rien mangé depuis le matin. Le moment était venu pour elle de déguster ce sandwich. Elle savoura chaque bouchée. Apprécia chaque miette, comme si à chaque fois qu'elle déglutissait, elle se remplissait le corps d'énergie. Peu à peu, elle sentit la vie envahir son corps. Et au fur et à mesure que la vitalité l'abreuvait, des pensées positives s'imposaient à elle.

Enfin, elle arrivait à accepter. Accepter enfin !

Elle prit une grande respiration et elle se sentit totalement en accord avec elle-même. Ces instants de méditation, d'osmose avec la nature lui avaient permis de se recentrer et de s'autoriser à accueillir une situation différente de ce qu'elle avait vécu jusqu'alors.

— Il faut que j'aille de l'avant ! Je ne suis plus une petite fille, mais une femme de quarante ans, un être responsable. Je suis en train de découvrir Mamibelle. Plus exactement, je pars à la rencontre d'Eglantine, cette femme mystérieuse et amoureuse. Et j'avance vers ma propre découverte. Qui vais-je trouver ?

Eva avait conscience qu'il suffisait parfois d'un petit grain de poussière pour que le destin bascule et qu'il nous incite à accomplir des bonds de géant en peu de temps. Etait-elle réellement à cette croisée des chemins ?

Elle se décida à revenir à Gimbrède. Elle n'en avait pas fini avec toute cette aventure. Elle était forte, il fallait absolument qu'elle aille jusqu'au bout. Elle devait en terminer avec Eglantine avant de creuser ses émotions liées à son propre parcours.

- 24 -

Le lundi matin, Eva se réveilla de bonne heure. Elle avait du travail à accomplir, une course indispensable à la continuité de sa mission. Elle prit un petit-déjeuner consistant, elle savait qu'elle risquait d'oublier de manger en revenant d'Agen.

Il lui fallait de la glaise. A tout prix. Aujourd'hui. Maintenant. Elle acheta également quelques instruments et un socle afin de l'aider à travailler. Elle savait reconnaître quand le désir de création s'imposait à elle. C'était comme un langage de son corps, peut-être même de son âme. Elle ne pensait plus à rien et laissait ses doigts agir comme ils l'entendaient.

En rentrant dans la maison de Gimbrède, elle disposa une nappe cirée sur la table de la salle à manger. Elle s'installerait là, devant la fenêtre qui donnait sur le jardin. Ce lieu l'inspirait, lui donnait de l'énergie pour réaliser son œuvre. Une idée s'était imposée à elle. Une idée tellement simple, si évidente, qu'elle ne comprenait pas pourquoi elle ne l'avait pas eue plus tôt. Elle passa les jours qui suivirent à malaxer, lisser, caresser, ciseler la terre. Tantôt, elle travaillait frénétiquement, tantôt, elle regardait les formes des corps prendre vie, comme pour leur demander leur consentement. Elle les observait longuement, puis, soudain, elle se remettait au travail. Elle rajoutait de la terre ici, en enlevait à d'autres endroits. Elle voulait que son travail soit irréprochable, digne de l'amour qu'elle vouait à sa grand-mère. Au bout de trois jours, elle était satisfaite de sa création. Elle recula un peu. Elle voulait visualiser l'ensemble de ses sculptures. Oui, c'était du bel ouvrage ! Devant elle, se tenaient deux représentations humaines, hautes d'une vingtaine de centimètres chacune. L'une était une femme et avait les traits d'Eglantine, l'autre, l'homme, avait les traits d'Edmond. Eva hocha lentement la tête. Oui ! Elle était ravie de cet accomplissement.

— Vous êtes beaux. Edmond et Eglantine, je vous aime !

Elle nettoya la terre sur la nappe, lava ses instruments, balaya la pièce et replaça la table comme à l'origine. Elle alla ensuite prendre une douche, elle avait besoin de se nettoyer de cette glaise, de retrouver le contact avec la réalité.

En sortant de la salle de bain, elle se rendit compte qu'il était tard et qu'elle avait faim. Il lui restait du pain, du fromage et des œufs. Elle repensa à ce jour de la première rencontre avec Marc où elle avait pétri la pâte. Comme il avait dû la prendre pour une folle ! Cette idée la fit sourire.

Il y avait presque un mois maintenant. Un mois dans ce petit village du Gers. Un mois pour apprendre l'histoire de sa grand-mère. Un mois pour tenter d'effectuer un bilan loin de tous. Un mois pour connaître Marc.

Marc. Une éternité.

Pourquoi la hantait-il autant ? Elle n'arrivait pas à trancher. A se concentrer réellement sur son propre cheminement. Il restait encore une chose à accomplir à l'intention de sa grand-mère. Une chose essentielle.

Elle se dit que pour que son projet soit réellement achevé, il fallait que Marc soit là. Elle décida donc qu'elle partirait le lendemain à sa rencontre, espérant le trouver chez lui. Elle alla se coucher et dormit d'un sommeil paisible. Au petit matin, elle se sentit sereine.

Après son petit-déjeuner, Eva se mit en chemin. Elle estima qu'il valait mieux s'y rendre à pied. Prendre le temps de vivre, de goûter à la nature environnante. Le domicile de Marc semblait vide. Elle en fit le tour, personne. Pas de voiture non plus. Elle ne voulut pas attendre ; elle avait besoin d'être dans son refuge, de préparer ce qu'elle avait imaginé. Elle prit une feuille de papier dans le petit cahier qu'elle avait apporté avec elle. Elle laissa un mot dans la boîte aux lettres de Marc.

> « Rendez-vous vendredi
> (après-demain) en début
> d'après-midi (quatorze heures
> précises !) dans le jardin des
> deux E pour un dernier adieu
> à Eglantine et Edmond.
>
> Eva »

De retour dans sa maison, Eva fit le tour du jardin en vue de trouver le lieu idéal. Elle choisit un endroit sous un pommier. Elle sourit à l'évocation de la pomme, du péché originel. Eglantine et Edmond se transformèrent un instant en Adam et Eve dans son esprit.

— Comme si l'amour pouvait être une faute grave ! se dit-elle en haussant les épaules.

Le vendredi, Marc arriva sous un magnifique soleil. Toutefois, des nuages sombres obscurcissaient l'horizon. La lumière était incroyable et magnifique. Eva était dans le jardin, elle finissait d'accrocher des petits lampions dans un arbre.

— Le diable bat sa femme et marie sa fille ! annonça Marc.

— Pardon ?

— Tu ne connais pas l'expression ? Le diable marie sa fille !

— Euh... non, désolée.

— La lumière, le soleil et la pluie qui arrive. Je pensais que c'était une expression courante.

— Ha ! Courante du Gers ! plaisanta Eva. C'est exactement la lumière qu'il nous fallait !

— Tu peux m'expliquer ce que l'on va faire ?

Eva sourit. Oui, elle pouvait expliquer ! Oui, elle avait eu la certitude qu'il fallait aller jusqu'au bout de l'histoire et allouer aux amoureux le repos éternel.

— Edmond est enterré dans le cimetière de Gimbrède, Eglantine est avec Pierre dans un cimetière de Nantes. Edmond et Eglantine doivent aussi partager un morceau d'éternité.

Marc ne voyait pas trop où Eva voulait en venir. Eva poursuivit :

— Viens voir !

Eva prit le bras de Marc et l'entraîna avec elle vers la maison. Ils pénétrèrent dans le salon et Eva lui dévoila les deux sculptures d'argile représentant Edmond et Eglantine.

— Magnifique ! Marc siffla d'admiration.

— Nous allons les enterrer ensemble, là, dans le jardin, sous le pommier. Leur offrir un endroit à eux deux. Là où ils ont vécu. Afin qu'ils reposent l'un avec l'autre pour l'éternité.

Marc regardait Eva.

— Que cette femme est belle ! pensa-t-il. — Belle physiquement et belle dans l'âme !

Ils apportèrent les statues dans le jardin, au pied du pommier et les disposèrent délicatement dans la fosse qu'Eva avait préparée la veille. Elle avait déposé au fond un lit de feuilles et de fleurs. Eva installa le petit chapelet qu'elle avait trouvé sur la table de nuit gersoise de sa grand-mère, la réplique quasi exacte de celui qu'Eglantine avait emporté avec elle dans sa sépulture nantaise. Ils se recueillirent tous les deux en silence pendant quelques minutes.

Eva rompit le silence. Elle ouvrit un livre de poème qu'elle avait trouvé dans la chambre d'amis. Elle demanda à Marc un numéro au hasard.

— Soixante-huit !

— Parfait... voyons... page soixante-huit... ah ! « Nuits de juin » de Victor Hugo ! Joli choix, il plairait à Mamibelle !

Eva prit une respiration. L'émotion était forte. Elle voulait réussir à le prononcer. Elle prit le temps de lire le poème, doucement, tout doucement.

— *L'été lorsque le jour a fui, de fleurs couverte*
La plaine verse au loin un parfum enivrant
Les yeux fermés, l'oreille aux rumeurs entrouverte
On ne dort qu'à demi d'un sommeil transparent.

Les astres sont plus purs, l'ombre paraît meilleure
Un vague demi-jour teint le dôme éternel
Et l'aube douce et pâle, en attendant son heure
Semble toute la nuit errer au bas du ciel.

A la fin du poème, les larmes coulaient sur les joues d'Eva, Marc était bouleversé également. Il prit néanmoins la parole :

— Que vos belles âmes puissent atteindre la lumière, unies à jamais et pour toujours. Que votre amour continue de guider nos pas et que nous puissions nous retrouver lorsque sonnera notre heure.

Eva appuya sur le bouton « lecture » du poste de CD et la chanson « *octobre* » se fit entendre comme dans les dernières volontés de Mamibelle. Ils recouvrirent ensuite les effigies d'un mélange de terre et de végétaux, puis déposèrent un bouquet de fleurs fraîches sur la sépulture. Marc proposa alors d'aller faire un tour à pied, dans la campagne. Eva accepta. Elle ferma la porte d'entrée et ils partirent en silence, chacun dans ses pensées.

Ils marchèrent ainsi pendant longtemps, une heure peut-être. Ils n'échangèrent que très peu de mots. Juste le plaisir d'être là, ensemble. Ils traversèrent des prés, passèrent à côté de champs de tournesols, empruntèrent des chemins de terre. Eva avait un sentiment d'accomplissement. Elle était allée jusqu'au bout de l'histoire de sa grand-mère. Elle avait réhabilité sa seconde vie. Etait-ce vraiment sa seconde vie ? Pourquoi avancer que la « première » vie, la vie la plus importante était celle qu'elle avait vécue à Nantes près de Pierre ? Parce qu'elle avait eu un enfant, une petite-fille et deux arrière-petits-enfants ? Après tout, elle connaissait Edmond avant de connaître Pierre ! Décidément, il n'y avait pas de vérité, juste des gens, des faits et surtout de l'amour !

Les nuages avaient peu à peu recouvert le ciel bleu. Certains rayons de soleil arrivaient encore à percer un peu au travers. Lorsqu'ils furent sur le chemin de retour, alors qu'ils traversaient un champ de vignes, quelques gouttes se mirent à tomber, doucement au début. On entendait l'orage gronder au lointain. Soudain, ce fut la pluie. Diluvienne.

Eva regarda Marc. Ils se sourirent. Elle se mit à courir à travers les vignes, les bras ouverts, offerts au vent et au grain. Marc la suivit dans l'allée parallèle. Ils étaient trempés, mais un sentiment de délivrance totale s'empara d'eux. Ils firent de grands gestes comme pour provoquer la colère des dieux de l'orage. Eva se mit à crier. Tout d'abord des sons indistincts sortaient de ses tripes. Finalement, le mot « Libre ! » lui vint à la bouche. Marc se joignit à elle. On aurait dit deux enfants qui sautaient dans des flaques d'eau en criant ! Arrivés au bout de leur rang de vignes, ils partirent dans un grand éclat de rire.

Ils trouvèrent une cabane qui leur permit de s'abriter le temps que l'orage passe. Ils s'avouèrent tout le bien qu'ils pensaient des moments qu'ils avaient vécus pendant l'après-midi, dans le jardin puis lors de leur promenade.

Sur le sentier du retour, le silence se réinstalla. Chacun s'était réfugié dans ses pensées, en accord avec l'instant. Ils arrivèrent enfin à la maison d'Eglantine et Edmond. Ils n'avaient pas envie de se quitter maintenant. Sur le seuil, Eva regardait Marc. La lumière du soleil couchant laissait des teintes orangées sur le visage de son compagnon. Le duvet de sa peau était mis en valeur. Les ombres apportaient un aspect mystérieux et terriblement attirant à cet homme. Les rides qui creusaient leur chemin semblaient raconter à Eva toute l'histoire de Marc. Elle se laissa porter par ses sensations et par le charme inouï de cet instant. Elle se rapprocha de Marc et l'embrassa dans son élan.

Marc fit un pas en arrière. Il lui caressa la joue et lui sourit.

— Non ! lui dit Marc — pas comme ça.

— Je suis désolée…

— Non, non, ne t'excuse pas. Surtout pas. Il ne s'agit pas de ça. la rassura Marc avant de partir. — Simplement, je ne pourrais pas m'arrêter à un seul baiser et si nous allons plus loin, j'aurais beaucoup de mal à supporter de te perdre. Prends le temps de la réflexion, allons-y très doucement, je te veux, oui, cependant je te veux entièrement.

-25-

Ça fait pratiquement une semaine que je n'ai pas vu Marc. Une semaine que l'on a enterré Mamibelle et son Edmond. Une semaine que je suis au pied du mur. J'ai beaucoup réfléchi. Ce n'est pas simple de se déterminer lorsque l'on sent que l'on est à une étape de son existence. Choisir entre deux vies. Choisir entre deux hommes. Choisir entre deux destins. Il faut pourtant que je me positionne maintenant, le mois d'août est déjà bien entamé.

Il est certain que l'histoire de ma grand-mère m'a réellement affectée et a un impact sur ma propre vie. J'ai compris, en partie, la raison de cette aventure. On se satisfait, parfois, de situations bancales parce que la société nous juge constamment. La peur des autres, de leurs réactions, la honte que l'on peut infliger à nos proches, aux gens que l'on aime, à soi également influencent grandement nos décisions.

Pierre, Edmond et Eglantine se sont heurtés à leur époque. La guerre est la première responsable de ces vicissitudes. Il est vrai aussi que l'on n'avait pas le même regard sur les divorcés et leurs enfants dans les années cinquante qu'à présent. Les habitudes et les jugements de la société étaient très lourds de conséquences. Cette décision a été dictée, en partie, par ce contexte. Sans doute qu'avec les mœurs d'aujourd'hui, leurs réflexions n'auraient pas eu le même aboutissement. Peut-être que si, après tout, c'est Pierre qui a proposé ce « marché ». Ce qui est difficilement envisageable pour moi, c'est que cette proposition ait déterminé un mensonge qui a duré toute une vie. Mentir à son fils, à sa famille. Cette aventure n'a pas dû être si simple à vivre. Savoir scinder les deux vies et ne pas mélanger. Il est clair que j'en serais incapable !

Je crois que la seule façon de s'en prémunir est de savoir affronter la réalité. Formuler des choix et les assumer. La communication entre les gens qui s'aiment est également indispensable. Je ne juge pas ma grand-mère. Elle a mené sa vie comme elle l'entendait. Mon amour pour elle est intact. Et, qu'aurais-je fait à sa place ? Il est difficile de l'affirmer, ce qui est certain c'est que je me crois incapable de vivre entre deux hommes, deux univers.

J'espère que Mamibelle n'a rien regretté au soir de sa vie. Je ne le pense pas. Sa lettre me donne à imaginer le contraire. Tant mieux pour elle. J'ai beaucoup pensé à la mort ces dernières semaines. Du moins, au fait de pouvoir se retourner sur son parcours, au moment de son trépas, en étant fier et en accord avec soi. Je ne sais pas si quelque chose après la mort nous attend, quoi qu'il en soit, on n'emporte rien avec nous. Il faut cultiver l'amour ici et maintenant.

Où est ma vie ? Qu'est-ce que je veux accomplir ? Ce sont les seuls questionnements sur lesquels je dois me concentrer. Je dois reconsidérer mes objectifs et redéfinir mes projets de vie. Savoir si ce que je vis à Oudon me correspond pleinement ou si la vie que pourrait m'offrir Gimbrède me permettrait d'être plus en phase. Notre providence est une reconquête de tous les instants. Nous gagnons à avancer vers ce qui nous tient le plus à cœur.

Et surtout, oublier totalement le regard des autres et vivre pleinement son soi.

J'ai répondu en partie à la question de la raison qui fait que j'aime tant rester ici, dans cette maison, dans ce village. Certes, je ne connais l'endroit que depuis quelques semaines, j'ai pourtant l'impression de m'y fondre, de l'avoir toujours connu. Sans doute parce que l'empreinte de ma grand-mère y est si forte. Eglantine. Ma Mamibelle. Bien sûr que la grande partie de la réponse se situe dans cette voie. Il est vrai que je repousse l'idée d'en finir avec elle. Quitter l'endroit revient à accepter le décès de ma belle et douce grand-mère, voire la faire mourir une seconde fois.

Et Marc, bien sûr. Marc aussi. Marc en plus de tout ça. J'aime sa spontanéité, sa simplicité. Il accepte la vie comme elle vient, comme elle se propose. Il est, pour moi, comme un appel d'air, comme un second souffle, comme une rafale de liberté à laquelle il est difficile de résister. Et son regard ! Un regard d'homme solide qui ne s'encombre pas de l'opinion des autres. Un regard d'un homme sûr de lui ou plutôt d'un homme qui assume ses décisions et ses opinions. Un regard d'homme qui a vécu, et qui souhaite encore vivre pleinement. Je crois que Marc me ressemble, au moins à ce niveau. Je sens comme une résonance en lui. J'ai de beaux sentiments pour lui. Mais est-ce réellement de l'amour ? Est-ce que ces émois peuvent suffire à bâtir une vie et en finir avec ma vie nantaise ?

J'ai un peu le sentiment que cette localité est un espace hors du temps. Un endroit qui me permet de me poser et réfléchir sur mon parcours. C'est drôle. Hier, je pensais à la mort de Papa. Au moment de son décès, il terminait une maquette de bateau. Il adorait ces modèles réduits. Il n'a pas pu achever son travail. A l'époque, j'ai pensé qu'il n'y avait rien de pire que de mourir en ayant un projet en cours, de ne pas pouvoir aller jusqu'au bout de l'action que l'on avait entreprise. Aujourd'hui, je vois les choses autrement. Je pense que la pire des choses est de vivre sans désir et de mourir sans avoir vécu. Quoi qu'il en soit, ma vie ne sera plus jamais la même, Mamibelle n'est plus. Il me faut aller de l'avant. Choisir entre Gimbrède et Oudon. Choisir entre Marc et Denis.

Ah ! oui... Et Denis ! Je connais cet homme depuis tellement de temps. Plus de seize ans. C'est fou ! Nous étions jeunes, tellement jeunes. Et nous avons mûri ensemble, nous avons bâti une vie qui nous ressemble. Nous avons des enfants, des amis, une belle maison, des métiers que nous aimons. Tout pour rendre les gens heureux. Le souci est que le doute s'est glissé en moi. Pourquoi me sens-je en porte-à-faux vis-à-vis de notre vie ? Est-ce que nous sommes trop « installés » ? Peut-être est-ce que nous ne sommes pas parvenus à garder la fraîcheur de l'imprévu ? Denis est un homme sur lequel je peux compter, il est prévenant sans être envahissant. Il est drôle, tendre. Et je l'aime.

Je ferme les yeux et je sens tout l'amour que j'ai pour lui emplir mon cœur, envahir mon corps. Intensément !

Oui ! Je me rends compte que j'aime profondément Denis. Notre vie me manque. Mon atelier, ma glaise, mes enfants me manquent. Je me sens tellement loin d'eux. Certes, je ne suis pas indifférente à Marc et à cette idée de vivre ici. Cependant mon avenir est là-bas ! Comment ai-je pu remettre en doute tout ça ? J'ai vraiment envie de rentrer maintenant. Je viens d'ouvrir une porte dans mes émotions. Je sais que je suis dans le vrai. Je dois rentrer ! J'ai envie, terriblement envie de revoir Denis, de me blottir contre lui, de sentir ses bras m'enlacer. Il faudra certainement que nous arrivions à apporter un peu plus de fantaisie dans notre quotidien dans l'objectif que notre vie nous corresponde totalement, mais les bases sont là, solides et belles.

J'ai envie de rire, de pleurer. L'émotion s'empare de moi. Je me sens délivrée d'un poids. Ma décision est prise. Je rentre ! Mamibelle a-t-elle été si partagée ? Est-ce pour ça qu'elle n'a jamais réussi à choisir entre Pierre et Edmond ? J'aurais aimé pouvoir en discuter avec elle.

Je dois en avertir Marc. Lui exprimer quel homme formidable il est et lui expliquer aussi que ma vie est auprès de mon mari et de mes enfants. Je vais vendre cette maison. J'adorerais l'idée qu'il se porte acquéreur. Je vais le lui proposer.

Avant tout, il faut que j'appelle Denis !

- 26 -

Denis tournait en rond dans son salon. Il était inquiet. Il avait fini par accepter cette idée. Durant ces semaines loin d'Eva, il avait continué à vivre comme si rien ne s'était passé, comme si tout était normal. Eva n'était pas près de lui, elle était loin, dans un village, dans une demeure qu'il ne connaissait pas – ce n'étaient pas les deux jours passés là-bas qui lui permettaient d'affirmer qu'il connaissait le secteur ! Et surtout, cette distance, cette gêne entre eux. Et aussi, et peut-être particulièrement, l'ombre de ce Marc. Denis avait senti que sa femme lui taisait quelque chose. Jusqu'alors, il n'avait pas voulu y penser. Or depuis deux jours, cette inquiétude était montée peu à peu en lui. Sournoisement, elle était devenue le centre de ses préoccupations. Et si Eva ne revenait pas ? Cette question qui lui aurait paru totalement dépourvue de sens, trois semaines auparavant, le poursuivait avec ténacité maintenant. Il alluma une cigarette. Il avait arrêté de fumer quinze années plus tôt, mais la veille, il avait poussé machinalement la porte du bureau de tabac et s'était acheté un paquet de cigarettes et un briquet. Ensuite, il était revenu chez lui et était resté longtemps à regarder son paquet sur la table du salon. Puis, il avait pris une cigarette, l'avait portée à la bouche et l'avait allumée. Il ne trouvait pas le goût très agréable à vrai dire. C'était une impulsion qui dépassait la raison. Il en avait besoin, viscéralement besoin. C'est stupide, on se croit à l'abri de recommencer et un jour, un jour plus sombre que les autres, les vieux démons reviennent. Denis avait écrasé sa cigarette avant qu'elle ne devienne un mégot. Il était fatigué. Eva lui manquait terriblement.

Tous ces jours, toutes ces heures à se demander où elle était, ce qu'elle faisait. Ces incertitudes le minaient. Il se rendait compte qu'il avait su gérer le premier mois, qu'il avait enfoui en lui les sentiments pour laisser le champ libre à Eva. Aujourd'hui, il ressentait comme un retour de boomerang.

Il avait très envie de retourner là-bas, de prendre sa femme dans ses bras, de lui murmurer qu'il l'aimait. Néanmoins il savait aussi qu'il fallait qu'elle aille jusqu'au bout de cette histoire. S'il se passait vraiment quelque chose avec ce Marc, ce qu'il pensait réellement, il faudrait qu'Eva choisisse. Il ne se sentait pas l'âme d'un Pierre. Il ne supporterait pas de la partager.

Denis ralluma une cigarette. Il regarda le tabac se consumer, le bout rouge qui mangeait tout lorsqu'il aspirait. Il trouva ce geste vain, dérisoire et stupide. Il l'écrasa. Il se rendit compte que mise à part la première cigarette de la veille, il n'avait fumé entièrement aucune autre.

Il soupira. Oui, Eva devait choisir. Il ne voulait pas s'imposer à elle, il ne s'en sentait pas le droit. Il faudrait qu'elle opte pour l'une ou l'autre des vies qui se présentaient. Si elle choisissait Gimbrède, il serait très malheureux, pourtant il savait qu'il accepterait. Ce que Denis voulait par-dessus tout, c'était qu'Eva soit en phase avec elle-même, qu'elle soit heureuse. Cet aphorisme lui semblait une évidence. Sans doute que d'autres auraient tout fait pour empêcher leur femme de partir, mais lui, il n'était pas de ceux-là. Il pensait que chaque personne devait se réaliser, prendre ses décisions et les assumer. Il ne voyait l'amour que comme ça. Un chemin à deux, tout en laissant chacun libre de ce qu'il était. Il avait peur, bien entendu. Peur qu'elle parte. Peur de ne plus l'avoir à ses côtés pendant le reste de leur vie. Malgré tout, il se dit qu'il avait de nombreuses chances. Il sourit à l'idée qu'il était encore beau garçon. Et si elle rentrait, il serait le plus heureux des hommes. Il aurait l'impression qu'Eva le choisirait une nouvelle fois.

Il alluma à nouveau une cigarette qu'il éteignit tout de suite. Il prit le reste du paquet et alla le jeter dans la poubelle de la cuisine.

— C'est vraiment stupide ! dit-il à voix haute. — Elle me reviendra. Je l'aime. Je sais qu'elle m'aime. Mais….. J'ai peur. Oui, d'accord, j'ai peur… Mais elle me reviendra !

Au moment où il repassait dans le salon, le téléphone sonna. Denis décrocha. La voix d'Eva lui fit comme une claque. Elle lui parlait, cependant il n'arrivait pas à se concentrer sur ce qu'elle disait. Il sentit son cœur s'accélérer. Trois semaines déjà qu'ils ne s'étaient pas parlé. Il eut l'impression d'être dans une réalité parallèle, un peu comme dans du coton. Et si Eva lui annonçait qu'elle ne rentrait pas ? Et si…

— Ça va, Denis ?

— Oui, oui. C'est juste que…

Denis avait vraiment du mal à contrôler son émotion.

— Denis ?

— Ça fait terriblement du bien de t'entendre.

Il entendit Eva sourire.

— Oui, je confirme. C'est bon d'entendre ta voix.

Eva expliqua en quelques mots qu'elle en avait terminé avec le Gers. Qu'elle avait passé des moments un peu difficiles, mais que maintenant elle se sentait apte à tourner la page et à fermer le livre de l'histoire de sa grand-mère. Qu'il n'était pas si simple de partir, et qu'elle revenait chez eux avec un grand plaisir. Elle termina par un :

— Je t'aime !

Denis sentit des larmes couler sur sa joue.

— Moi aussi ! réussit-il à balbutier.

— Viens me chercher, s'il te plait. Je ne pourrai jamais partir si tu ne viens pas.

— J'arrive.

- Epilogue -

Je suis parfaitement sereine maintenant. J'ai quarante et un ans ce week-end. Monia et Antoine ne vont pas tarder. Nous partons tous au bord de la mer, ensemble. Emma est ravie, Quentin fait un peu la tête, sa petite amie l'a quittée cette semaine. Il s'en remettra. Nous l'aiderons tous. Ce séjour à la mer lui fera du bien. Et Louisa, la jolie Louisa, ma filleule, ma petite poupée de Colombie. Mon rayon de soleil est venu embellir la vie de Monia et d'Antoine depuis six mois.

Cet été, nous allons en Ecosse afin de célébrer le mariage de Maman et John. Elle a décidé de se fixer et d'accepter de laisser entrer réellement un homme dans sa vie. John est une personne adorable, je suis persuadée qu'elle sera heureuse près de lui. Elle m'a confié qu'elle espérait le décider à venir s'installer dans notre région. Ce serait sympa de l'avoir à nouveau près de nous. Quoi qu'il en soit, je suis ravie pour elle et en attendant, je suis contente d'avoir un pied-à-terre en Grande-Bretagne !

Le Gers me semble loin, sur une autre planète. J'ai repris le train-train quotidien et le chemin du collège. Cette année, mon emploi du temps m'a énormément plu. Mes élèves étaient assez éveillés. J'ai même eu l'impression qu'ils se sont ouverts à ma discipline, enfin, pas tous... mais j'ai le sentiment que la plupart l'ont fait. Ces horaires m'ont laissé de vrais moments pour me consacrer à ma glaise. A force de persuasion, Emma a gagné ! J'exposerai en octobre au salon des amateurs ! Je n'ai plus besoin de supports afin de créer. J'avance seule.

Plus de chansons, de livres, de tableaux à illustrer. Mon imagination part d'elle-même.

J'ai reçu une carte de Marc. Il ne me dit pas grand-chose. Juste qu'il va bien. Il a joint une photo de la maison d'Edmond qu'il retape. Il y habite. Je la lui ai vendue à petit prix. J'aurais voulu la lui donner puisque je trouvais logique que ce soit lui qui en hérite, mais il a souhaité me l'acheter. Je sais que mon départ lui a fait de la peine, pourtant il a compris et su rester digne. Il a pris le temps du repli pour digérer. Il me dit qu'il a rencontré une femme. Je suis très contente et lui souhaite d'être heureux. De trouver son chemin lui aussi. Et qui sait, peut-être irai-je un jour le voir, comme on rend visite à un lointain cousin. Un ami de cœur. Un frère.

Mamibelle est partie depuis un an maintenant. Elle me manque, elle me manquera toujours. Toutefois, j'ai fait la paix avec elle et avec son histoire. Je suis persuadée qu'elle m'a accompagnée pendant toute cette période de turbulences. Qu'elle savait que j'allais sortir grandie de toute cette aventure. Je l'imagine parfois dans l'au-delà auprès des deux hommes de sa vie et de son fils, mon père. Qu'elle doit être belle !

Denis a fait preuve d'une patience que je ne lui connaissais pas, mais qui ne m'étonne pas. C'est un homme incroyable. Il m'a offert une grande preuve d'amour. Il a été présent à sa manière à chaque phase de mon périple. Il m'a accompagnée lorsque j'en avais besoin. Il a su se retirer lorsque le moment se faisait sentir. De par ses actions, il m'a aidée à surmonter cette aventure et à en ressortir plus forte et encore plus en accord avec moi-même. Il est formidable. Et je l'aime plus que par le passé. J'ai énormément de chance de l'avoir à mes côtés.

Tout compte fait, la vie m'a fait un formidable cadeau. C'est bon de se remettre totalement en question et d'en sortir plus forte.

Aujourd'hui, je sais exactement qui je suis et ce que je veux vivre.

Remerciements :

Merci à Annika, Mathilde, Christine, Maryline, Mila, Jean-François et Nelly pour votre regard sur les premiers mots, paragraphes et chapitres jetés sur une page.

Merci à Jonathan, Olivier, Lucie, pour votre lecture du manuscrit, vos critiques et votre bienveillance.

Merci à Françoise pour ton œil de lynx qui détecte les vilaines fautes et les tournures hasardeuses.

Merci aux hurluberlus du 3L, Ann, Jérôme, Menju, Mic, Pit, Sam et Nadine pour votre soutien.

Merci à Monsieur le Maire de Gimbrède et à la secrétaire de mairie pour votre accueil.

Merci à Duo Grim (Sylvain Reverte et Cédric Mouillé) pour la découverte de l'expression « Le Diable marie sa fille ».

Merci à Victor Hugo et Francis Cabrel pour leurs œuvres.

Merci à Michel pour ta lecture et tes propositions.

Merci à Mathilde, Alan et Nolwenn, mes enfants, pour votre amour et vos encouragements.

Merci à Vincent dont l'amour me permet d'être ce que je suis.